Quarta ristampa, gennaio 2021

Testi tratti da: *Favole al telefono, Filastrocche in cielo e in terra, Il secondo libro delle filastrocche, Prime fiabe e filastrocche, Il libro degli errori* di Gianni Rodari

Passatempi nella giungla
© 1980 Maria Ferretti Rodari e Paola Rodari per il testo
© 2010 Edizioni EL

Il giovane gambero
L'uomo che rubava il Colosseo
Le belle fate
L'Acca in fuga
© 1980 Maria Ferretti Rodari e Paola Rodari per il testo
© 2011 Edizioni EL

La strada di cioccolato
Una viola al Polo Nord
È in arrivo un treno carico di...
© 1980 Maria Ferretti Rodari e Paola Rodari per il testo
© 2012 Edizioni EL

© 2016 Edizioni EL, per la presente edizione
ISBN 978-88-477-3421-0

www.edizioniel.com

Fabbricato da Edizioni EL S.r.l., via J. Ressel 5,
34018 - San Dorligo della Valle (Trieste)
Prodotto in Italia

Finito di stampare nel mese di gennaio 2021
per conto delle Edizioni EL
presso Elcograf S.p.A., Verona

Le più belle fiabe illustrate

di
Gianni Rodari

Edizioni EL

La strada di cioccolato

illustrazioni di **Gaia Bordicchia**

Tre fratellini di Barletta una volta, camminando per la campagna, trovarono una strada liscia liscia e tutta marrone.

"Che sarà?" disse il primo.
"Legno non è," disse il secondo.
"Non è carbone," disse il terzo.

Per saperne di più si inginocchiarono tutti e tre e diedero una leccatina.

Era cioccolato, era una strada di cioccolato.

Cominciarono a mangiarne un pezzetto, poi un altro pezzetto, venne la sera e i tre fratellini erano ancora lí che mangiavano la strada di cioccolato, fin che non ce ne fu piú neanche un quadratino.

Non c'era più né il cioccolato né la strada.
"Dove siamo?" domandò il primo.
"Non siamo a Bari," disse il secondo.
"Non siamo a Molfetta," disse il terzo.
Non sapevano proprio come fare.

Per fortuna ecco arrivare dai campi un contadino col suo carretto.
"Vi porto a casa io," disse il contadino.

E li portò fino a Barletta, fin sulla porta di casa.

Nello smontare dal carretto si accorsero che era fatto tutto di biscotto.

Senza dire né uno né due cominciarono a mangiarselo, e non lasciarono né le ruote né le stanghe.

Tre fratellini così fortunati, a Barletta, non c'erano mai stati prima e chissà quando ci saranno un'altra volta.

Una viola al Polo Nord

illustrazioni di **Francesco Zito**

Una mattina, al Polo Nord, l'orso bianco fiutò nell'aria un odore insolito e lo fece notare all'orsa maggiore (la minore era sua figlia): "Che sia arrivata qualche spedizione?"

Furono invece gli orsacchiotti a trovare la viola.
Era una piccola violetta mammola e tremava di freddo, ma continuava coraggiosamente a profumare l'aria, perché quello era il suo dovere.

"Mamma, papà," gridarono gli orsacchiotti.

"Io l'avevo detto subito che c'era qualcosa di strano," fece osservare per prima cosa l'orso bianco alla famiglia. "E secondo me non è un pesce."

"No di sicuro," disse l'orsa maggiore, "ma non è nemmeno un uccello."

"Hai ragione anche tu," disse l'orso, dopo averci pensato su un bel pezzo.

Prima di sera si sparse per tutto il Polo la notizia: un piccolo, strano essere profumato, di colore violetto, era apparso nel deserto di ghiaccio, si reggeva su una sola zampa e non si muoveva.

A vedere la viola vennero foche e trichechi, vennero dalla Siberia le renne, dall'America i buoi muschiati, e più di lontano ancora volpi bianche, lupi e gazze marine.

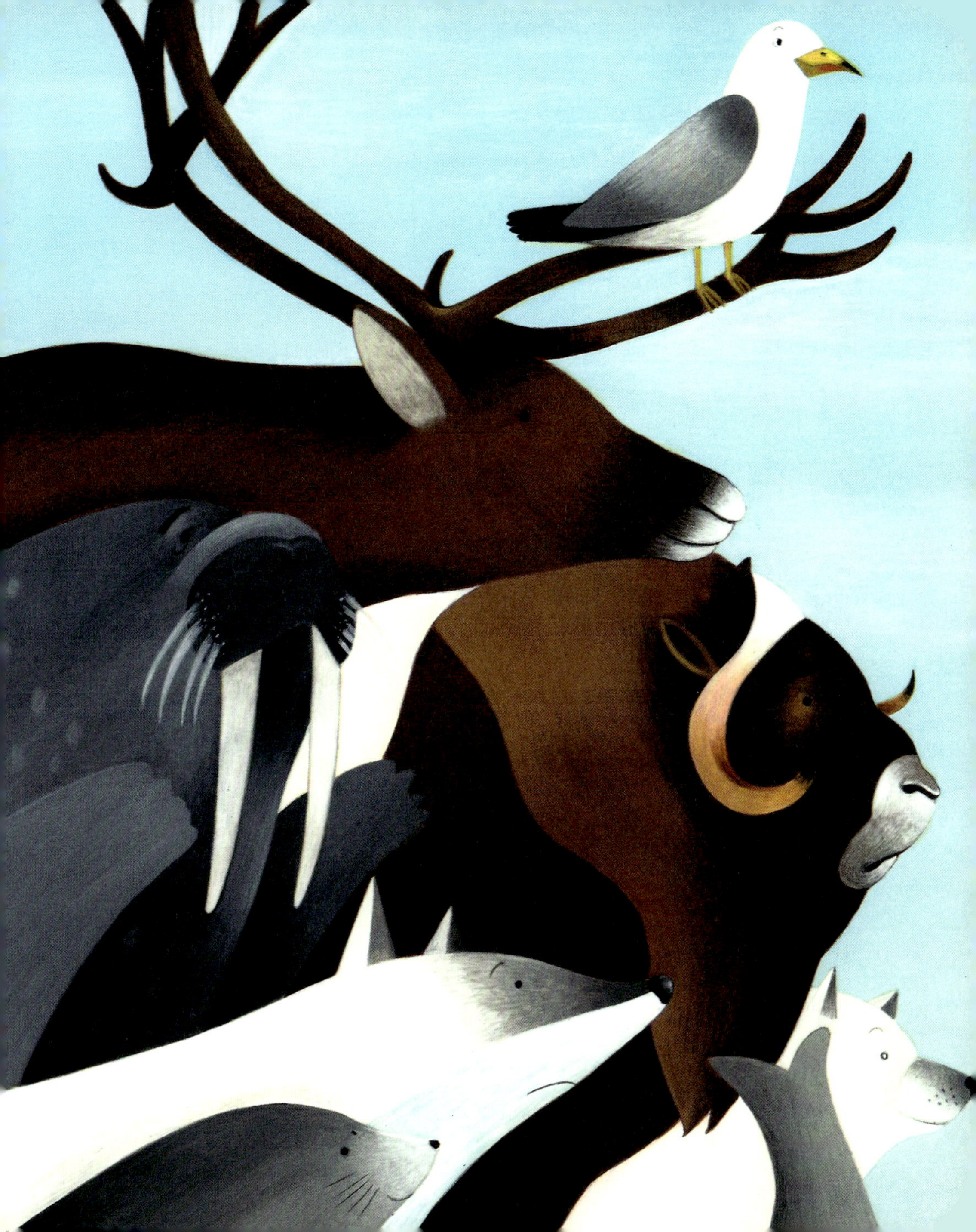

Tutti ammiravano il fiore sconosciuto, il suo stelo tremante, tutti aspiravano il suo profumo, ma ne restava sempre abbastanza per quelli che arrivavano ultimi ad annusare, ne restava sempre come prima.

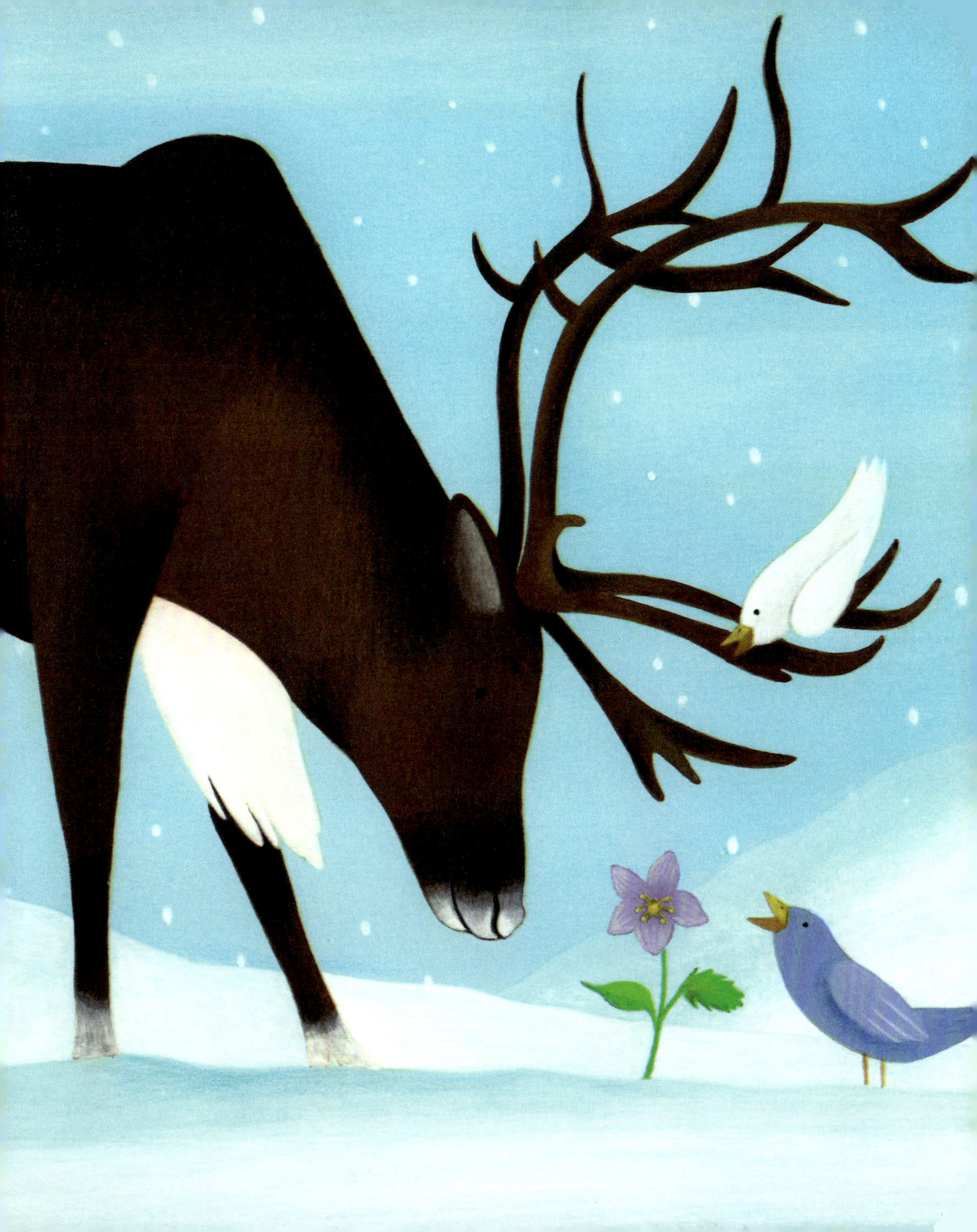

"Per mandare tanto profumo," disse una foca, "deve avere una riserva sotto il ghiaccio."

"Io l'avevo detto subito," esclamò l'orso bianco, "che c'era sotto qualcosa."

Non aveva detto proprio così, ma nessuno se ne ricordava.

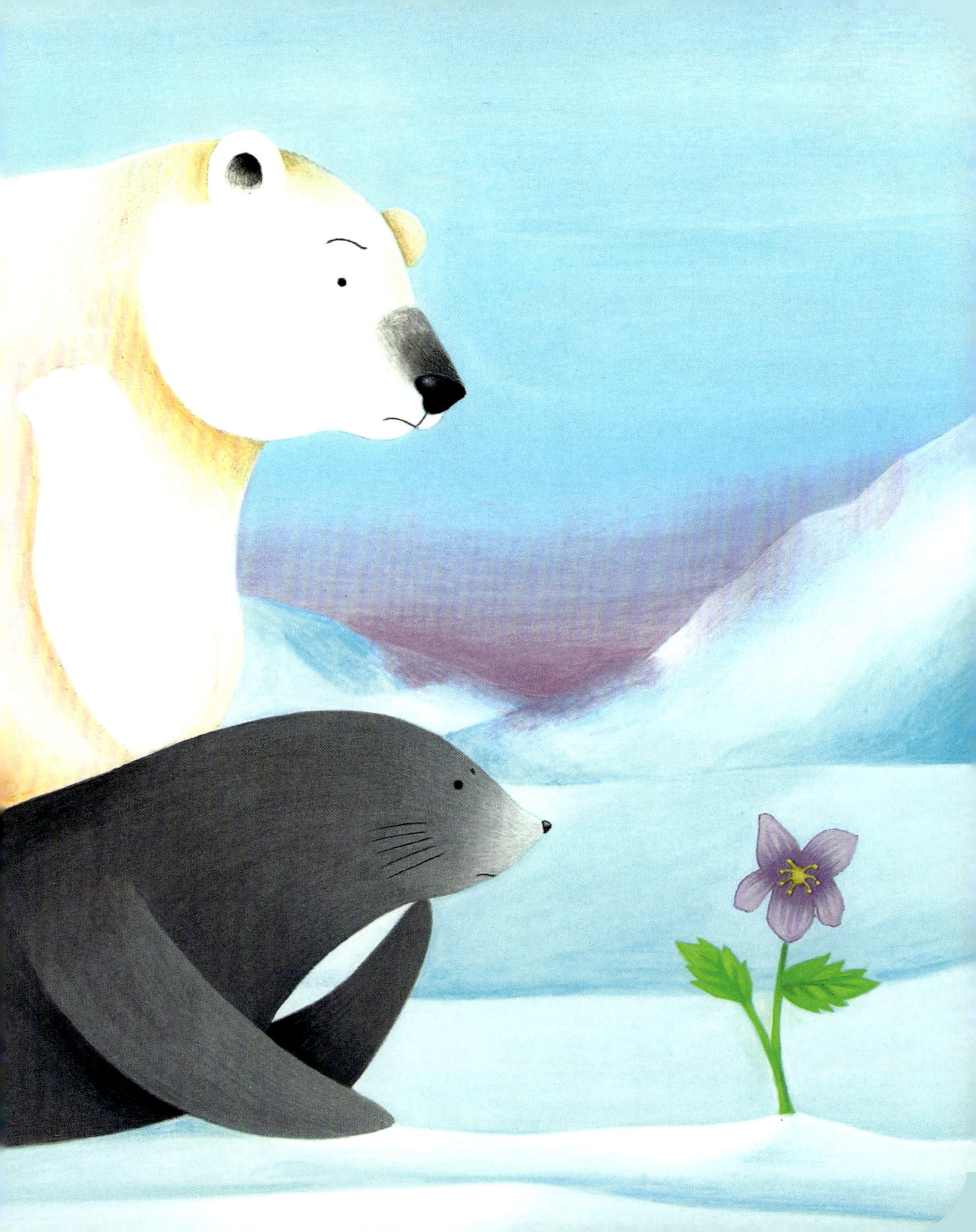

Un gabbiano, spedito al Sud per raccogliere informazioni, tornò con la notizia che il piccolo essere profumato si chiamava viola e che in certi paesi, laggiù, ce n'erano milioni.

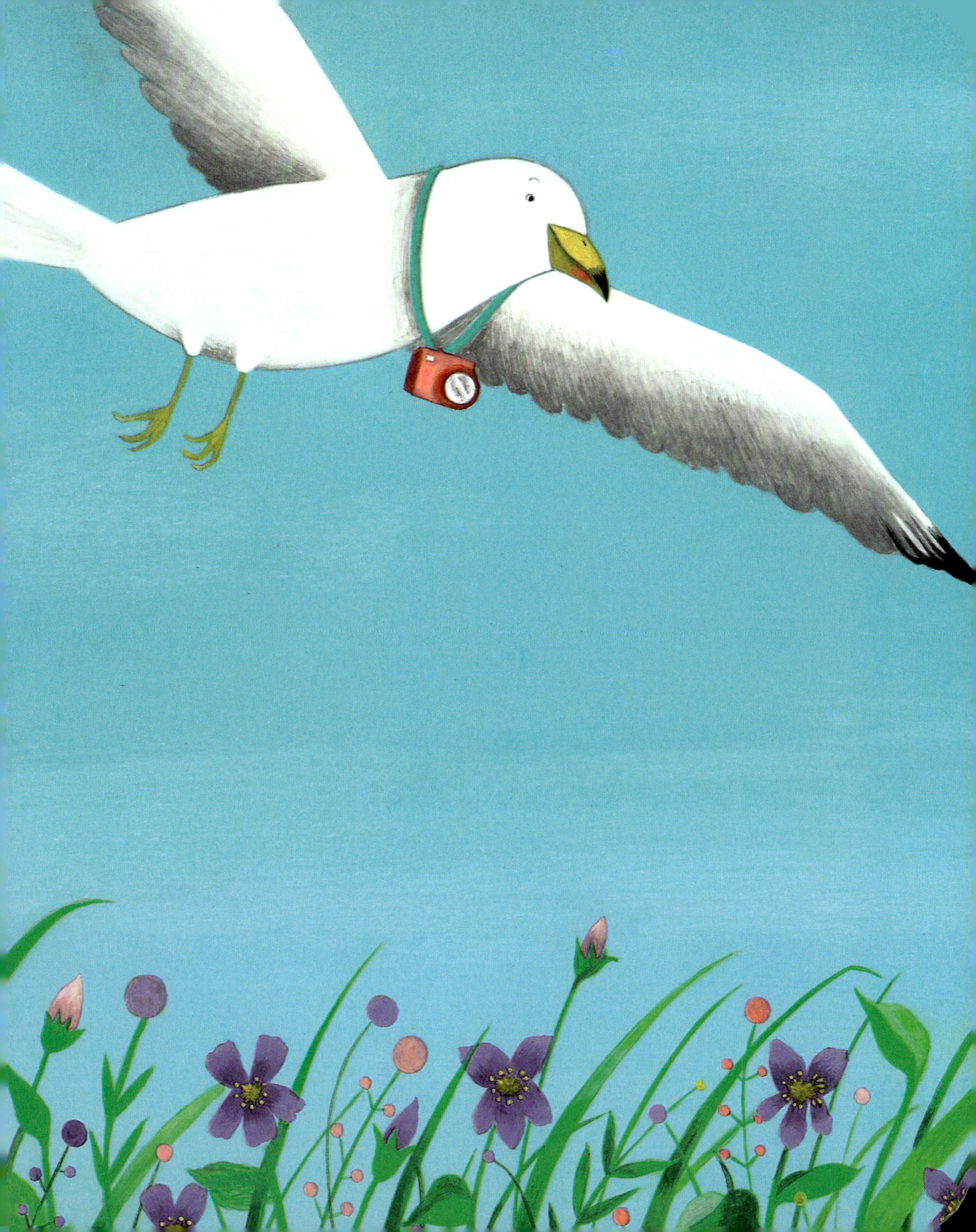

"Ne sappiamo quanto prima," osservò la foca. "Com'è che proprio questa viola è arrivata proprio qui? Vi dirò tutto il mio pensiero: mi sento alquanto perplessa."
"Come ha detto che si sente?" domandò l'orso bianco a sua moglie.
"Perplessa. Cioè, non sa che pesci pigliare."
"Ecco," esclamò l'orso bianco, "proprio quello che penso anch'io."

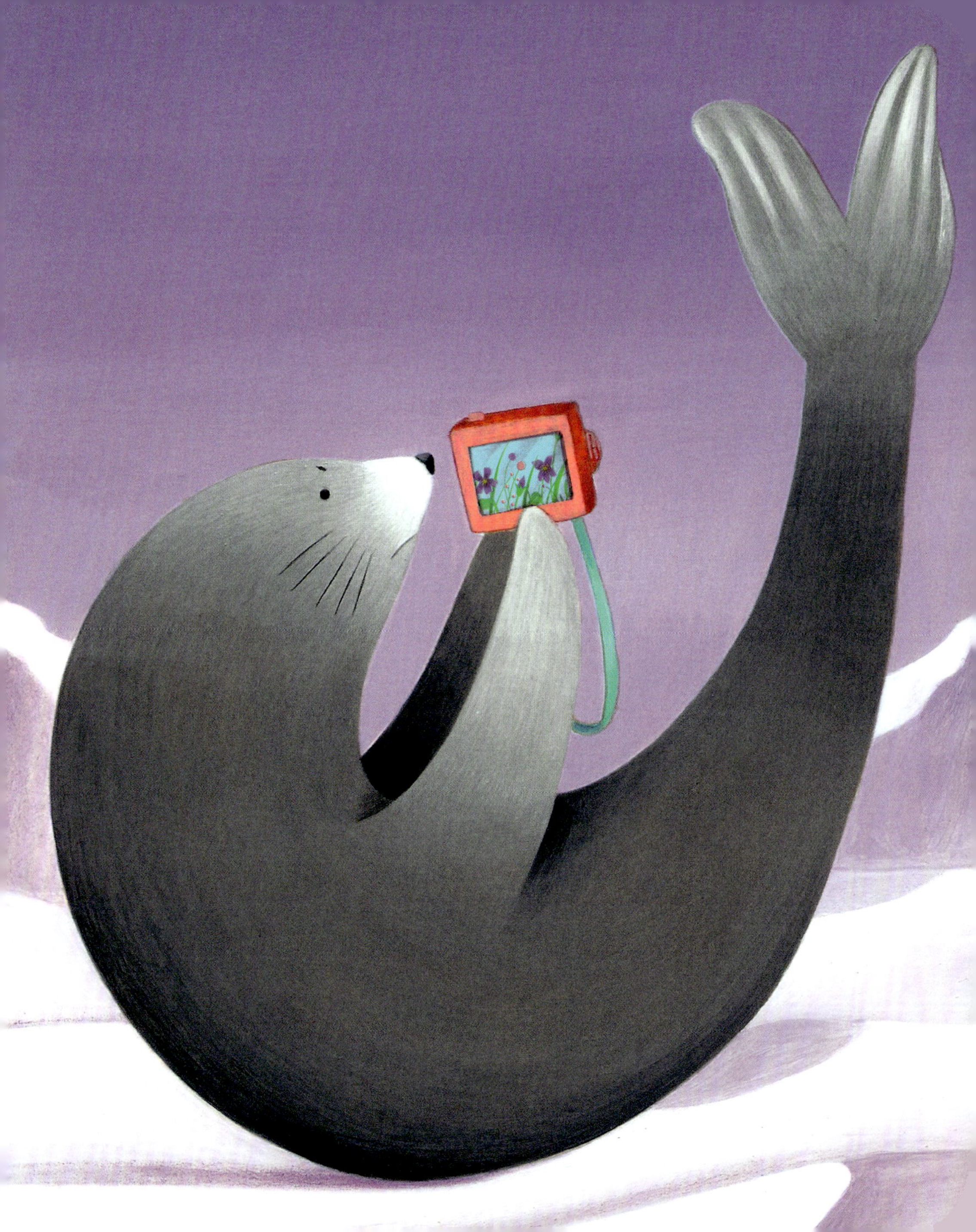

Quella notte corse per tutto il Polo un pauroso scricchiolio. I ghiacci eterni tremavano come vetri e in più punti si spaccarono.

La violetta mandò un profumo più intenso, come se avesse deciso di sciogliere in una sola volta l'immenso deserto gelato, per trasformarlo in un mare azzurro e caldo, o in un prato di velluto verde.

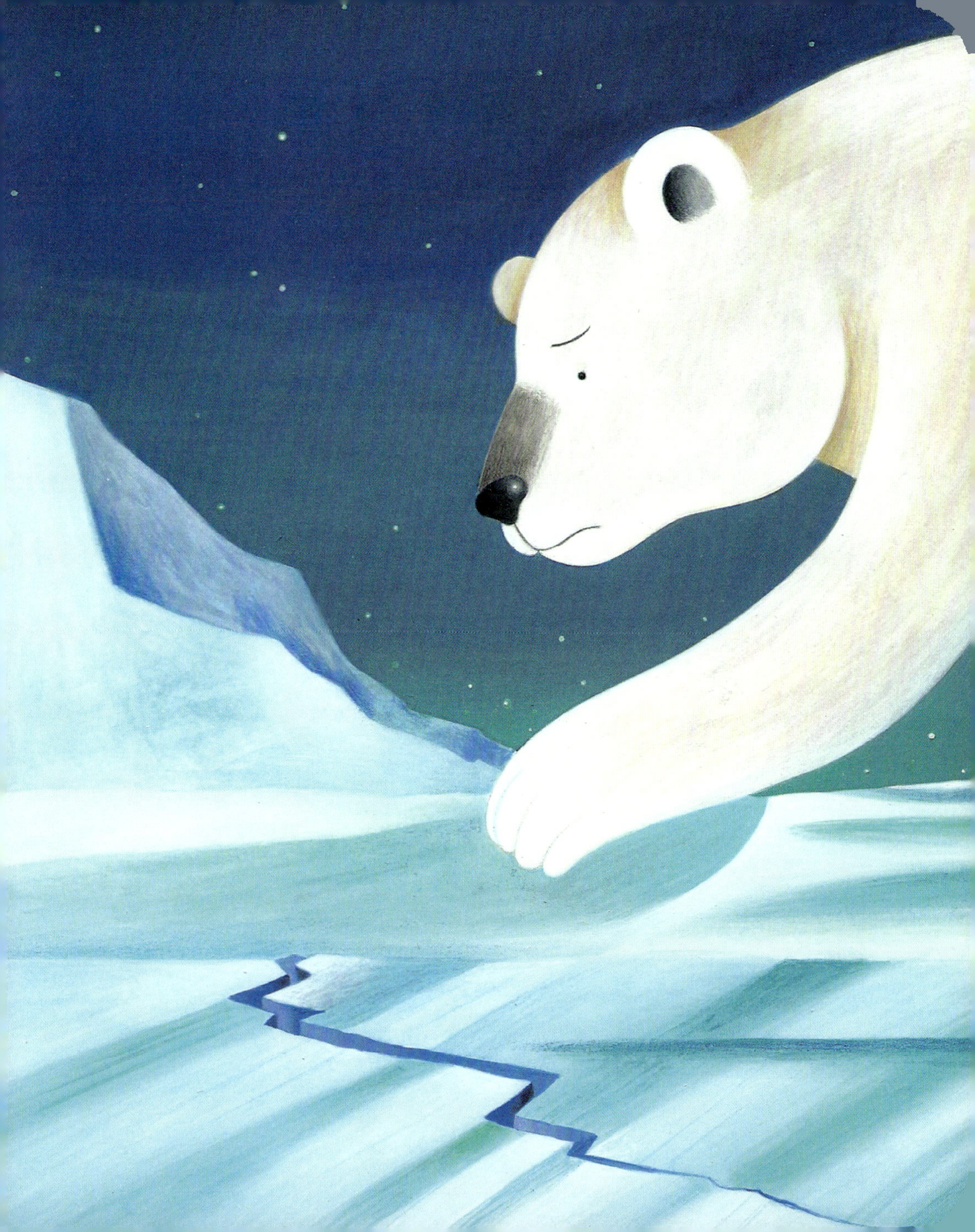

Lo sforzo la esaurì. All'alba fu vista appassire, piegarsi sullo stelo, perdere il colore e la vita.

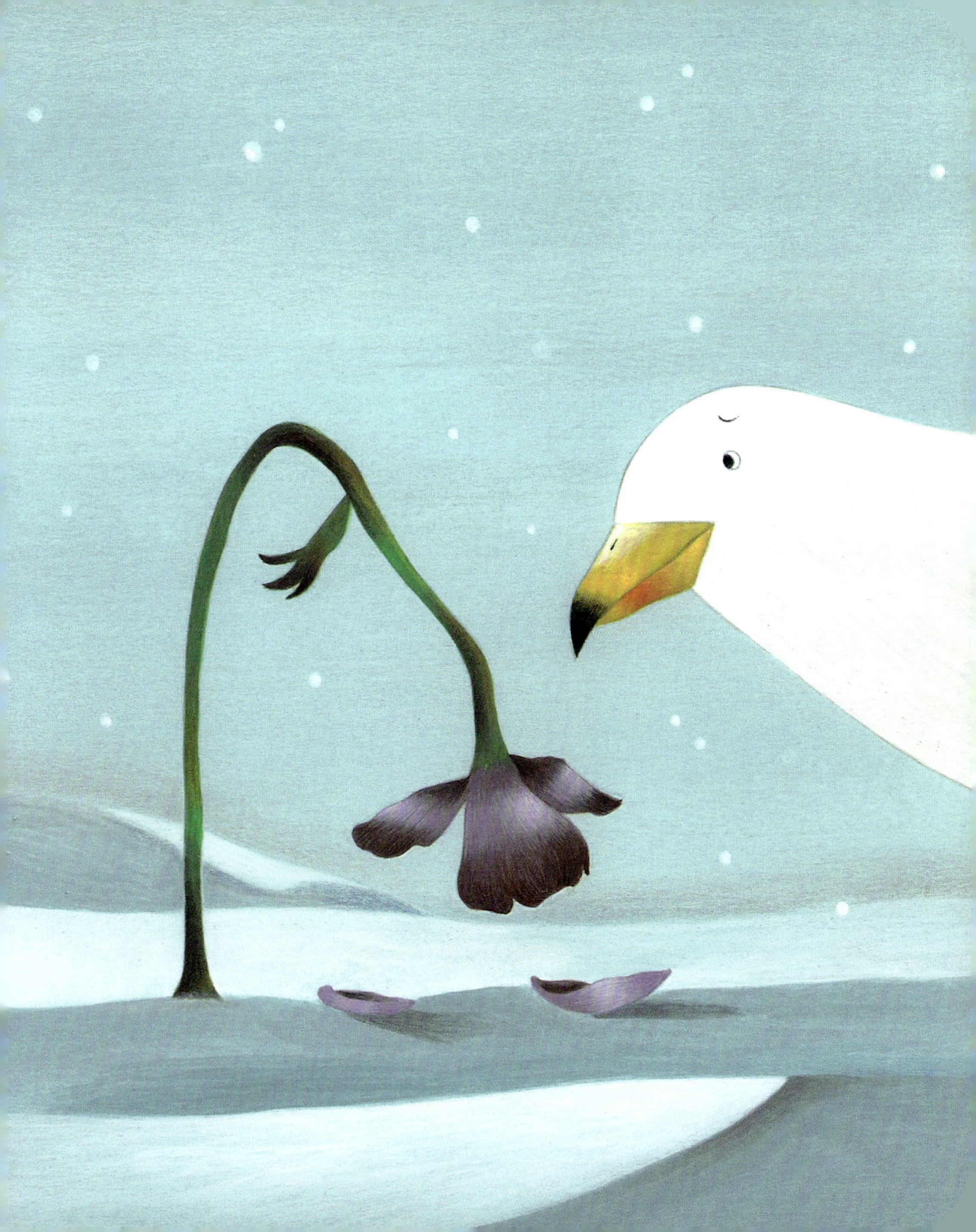

Tradotto nelle nostre parole e nella nostra lingua il suo ultimo pensiero dev'essere stato pressappoco questo: "Ecco, io muoio... Ma bisognava pure che qualcuno cominciasse... Un giorno le viole giungeranno qui a milioni. I ghiacci si scioglieranno, e qui ci saranno isole, case e bambini."

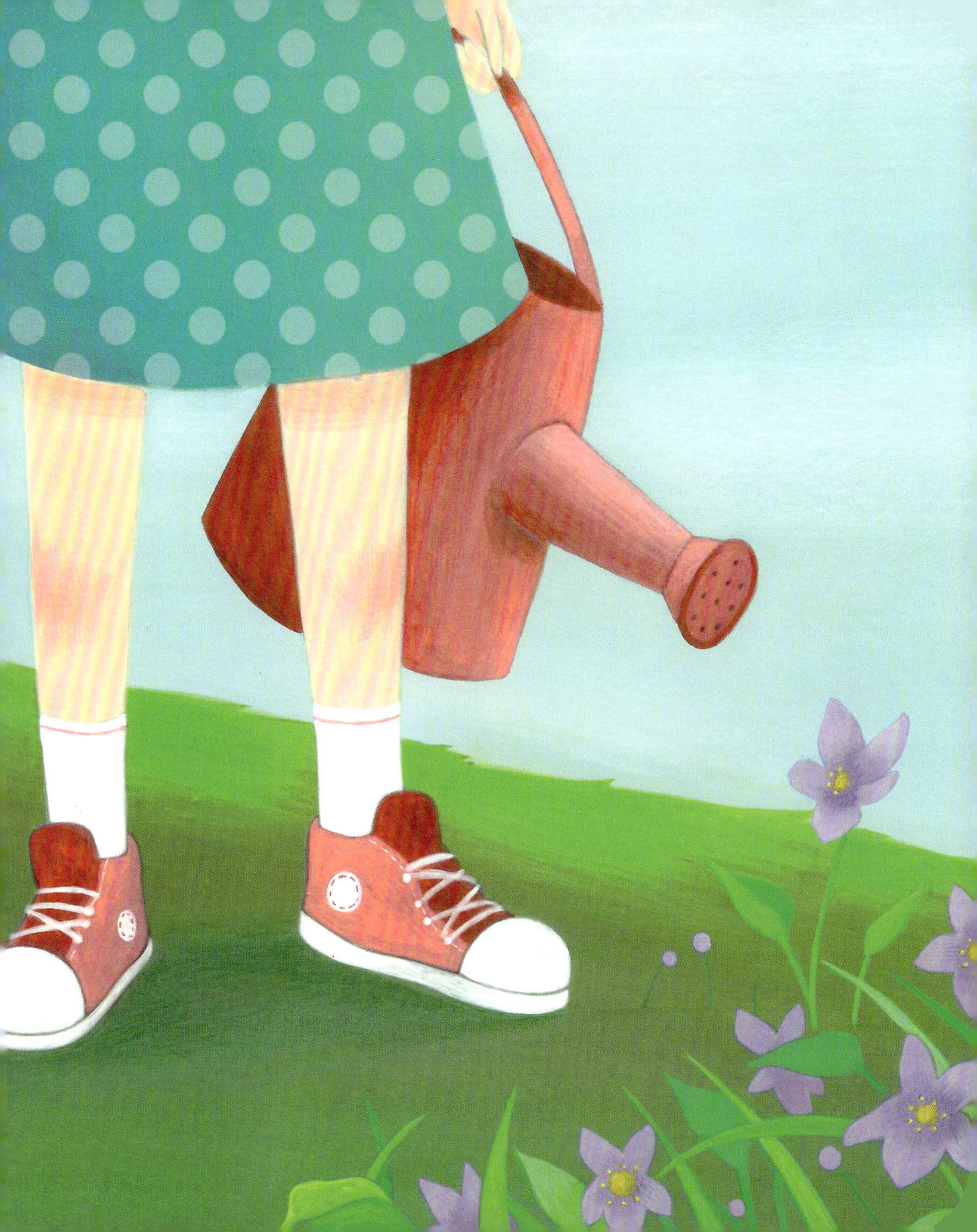

Le belle fate

illustrazioni di **Francesca Carabelli**

Le belle fate
dove saranno andate?
Non se ne sente più parlare.
Io dico che sono scappate:
si nascondono in fondo al mare,
oppure sono in viaggio per la luna
in cerca di fortuna.
Ma cosa potevano fare?
Erano disoccupate!
Nessuno le voleva ascoltare.
Tutto il giorno se ne stavano imbronciate
nel castello diroccato ad aspettare
che qualcuno le mandasse a chiamare.

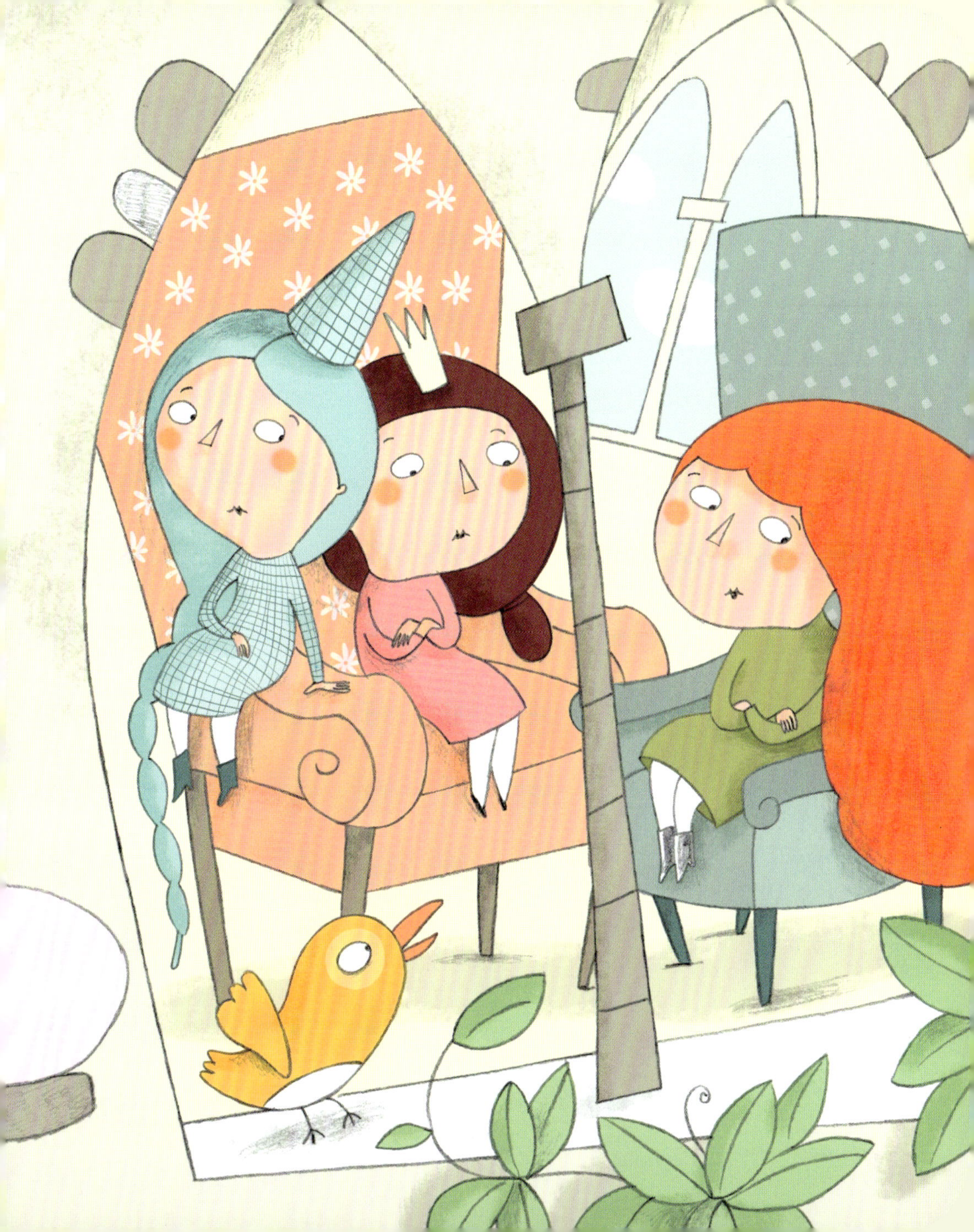

Girava il mondo per loro
in cerca di lavoro
una streghina piccina picciò,
col naso a becco,
magra come uno stecco,
che tremava di freddo perché
era senza paltò.

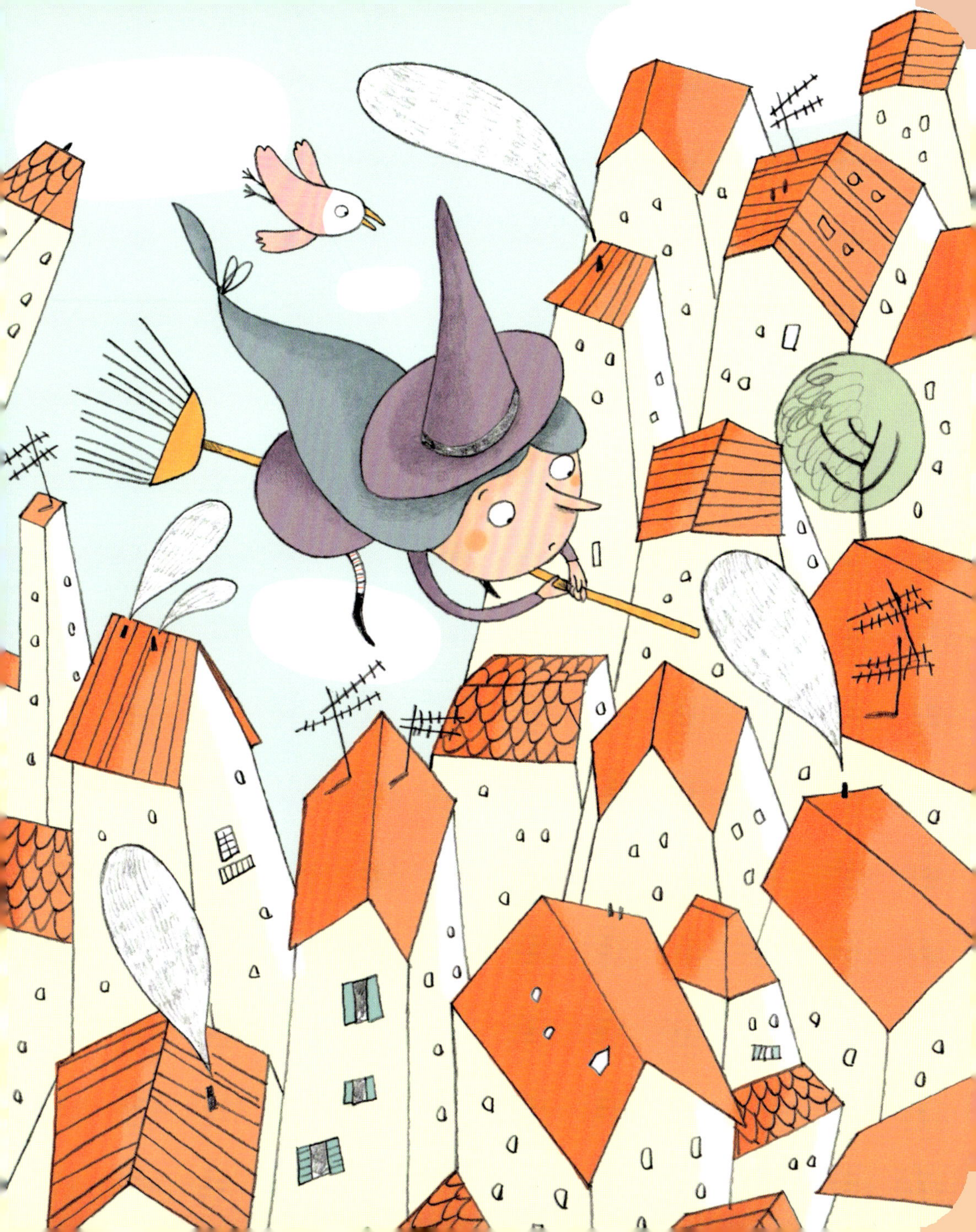

E appena la vedevano tornare
si facevano tutte a domandare:
"Ebbene com'è andata?
Avremo un impiego?"
"Lasciatemi, vi prego,
lasciatemi respirare,
sono tutta affannata..."
"Ma com'è andata?"
"Male!
C'è una crisi generale.
Ho salito tutte le scale,
bussato a tutti i portoni,
mendicato sui bastioni,
e dappertutto mi hanno risposto
che per voi non c'è posto.

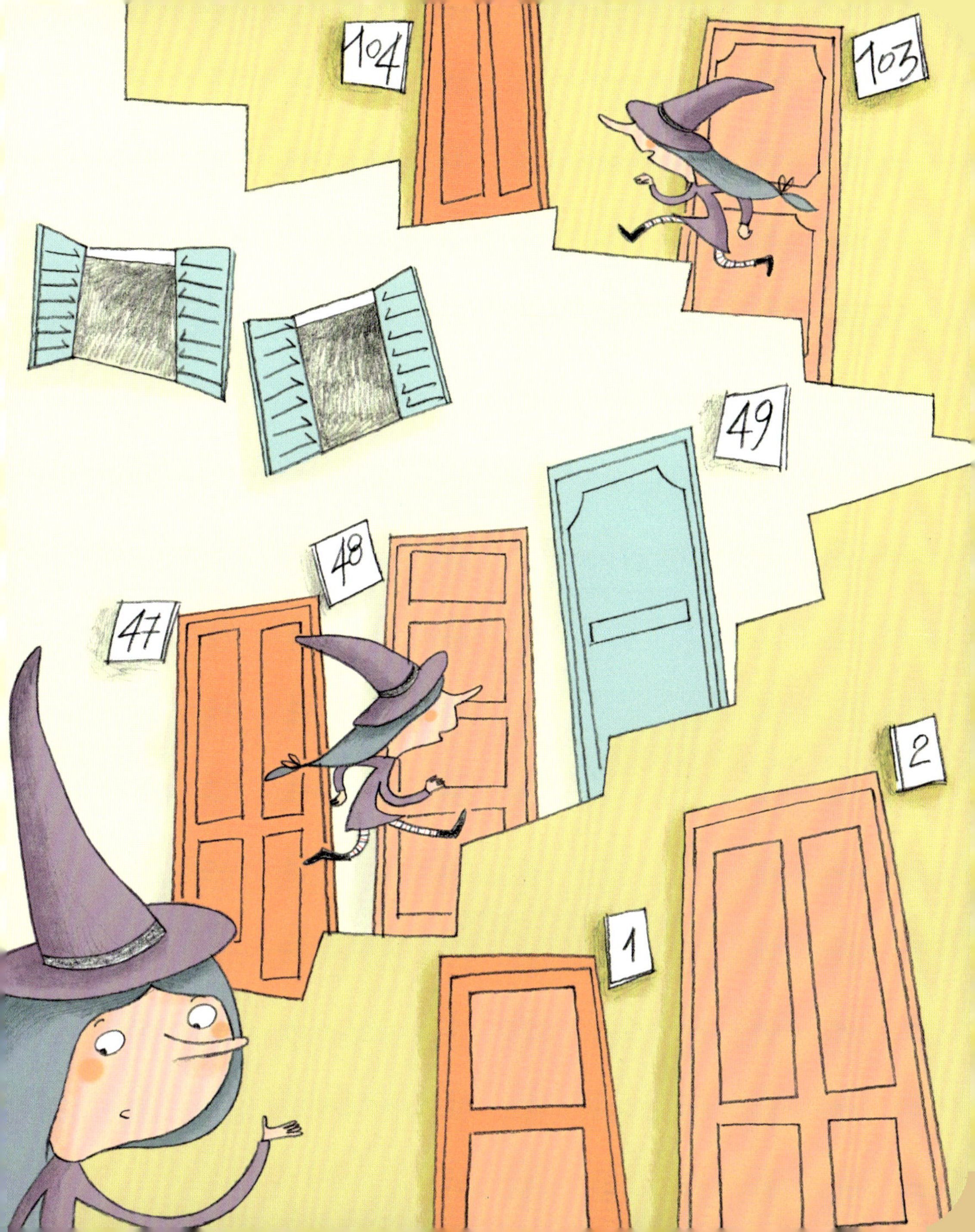
104
103
49
48
47
2
1

Vi dico, una cosa seria,
altro che storie!
Fame, freddo, miseria...
La gente ha un sacco di guai:
i debiti, le tasse, la pigione,
la bolletta del gas,
i nonni aspettano la pensione
che non arriva mai...
Chi volete che pensi a noi?

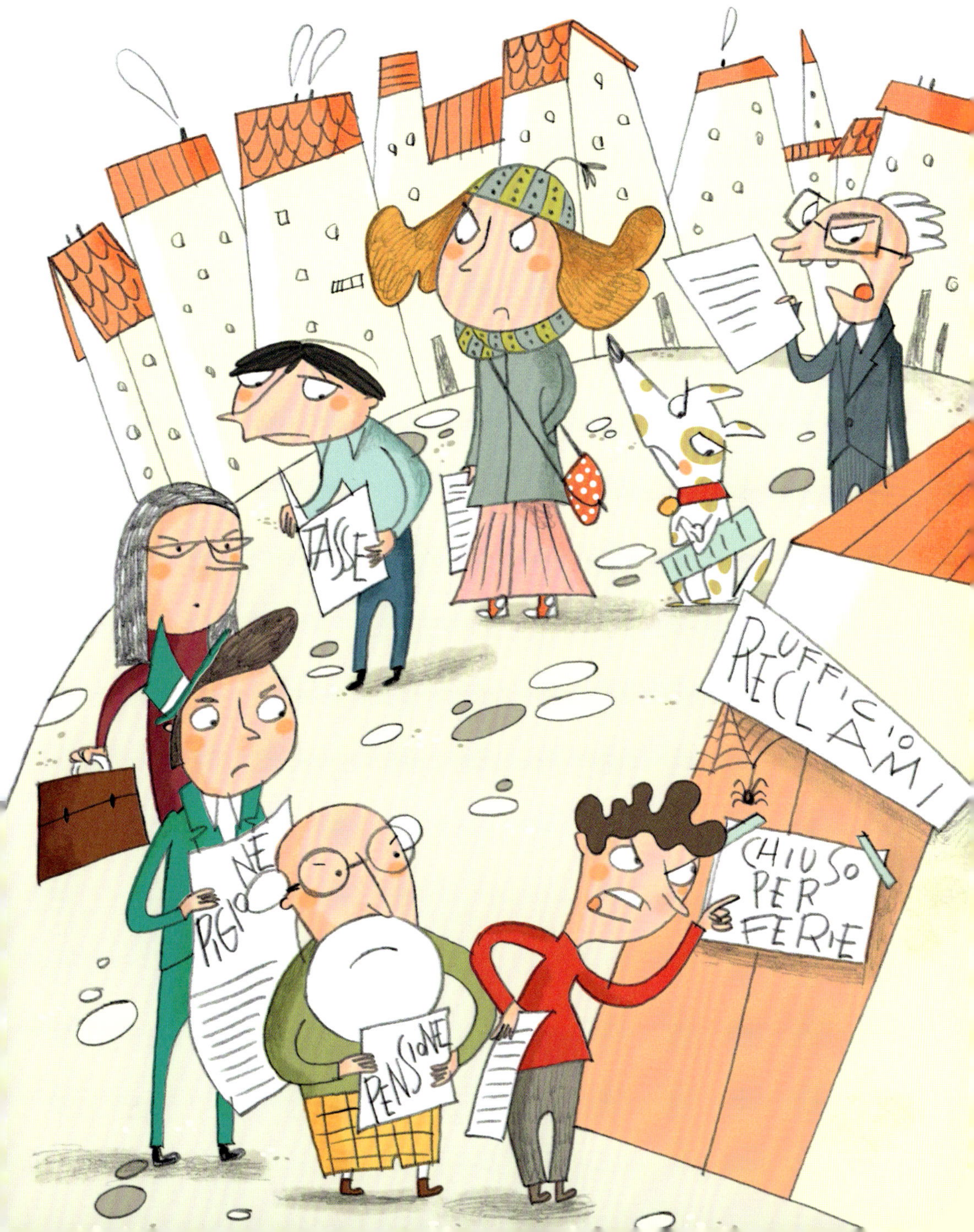
TASSE
UFFICIO RECLAMI
CHIUSO PER FERIE
PIGIONE
PENSIONE

E poi, e poi,
c'è sempre per aria la guerra:
ho visto certi generaloni,
con certi speroni,
con certi galloni,
con certi cannoni
dalla bocca spalancata...
Figuratevi come sono scappata.
Per noi su questa terra non c'è posto.
Ci vogliono cacciare ad ogni costo.
Voi se non mi credete,
fate come volete.
Io per me, faccio il bagaglio
e me la squaglio."

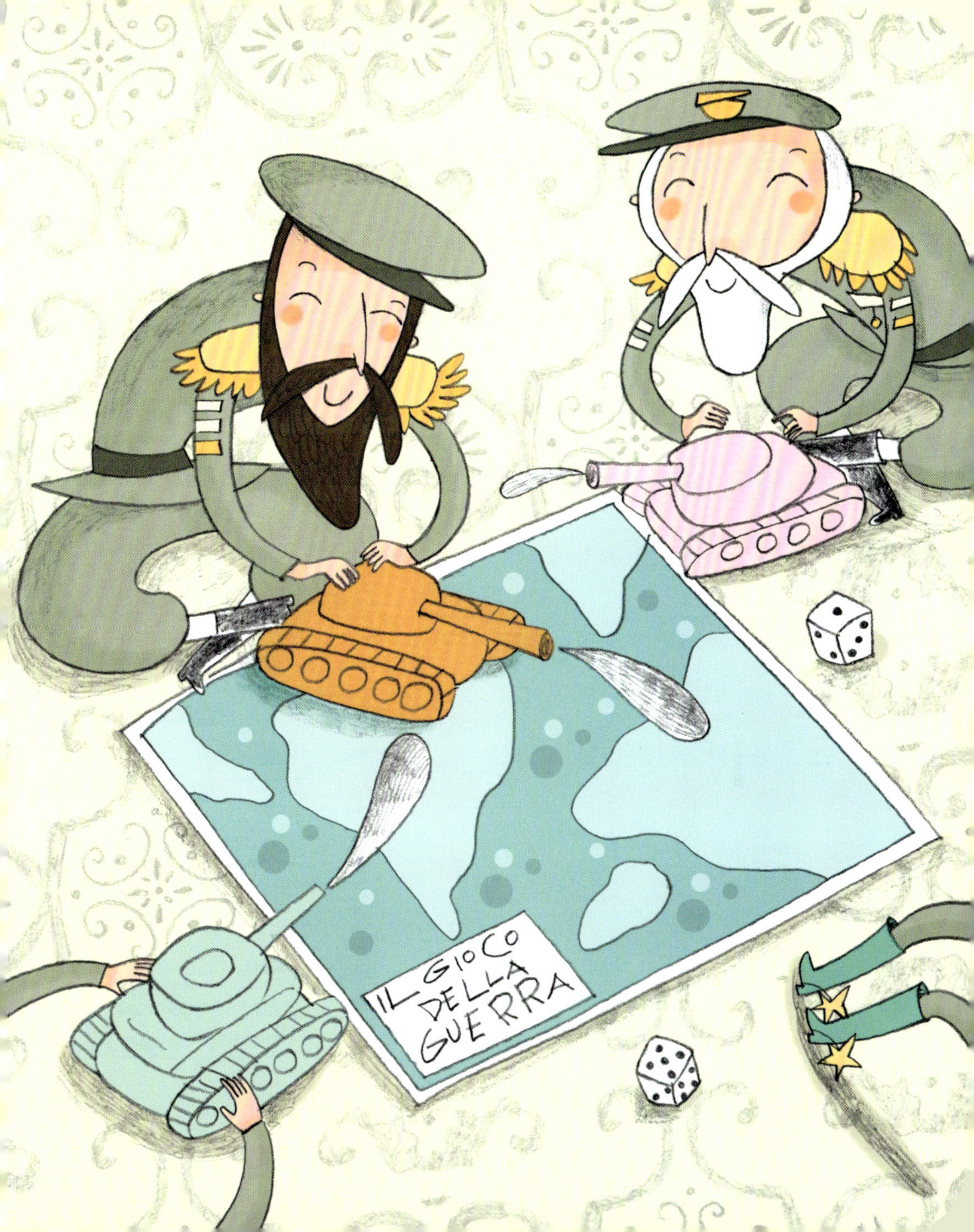
IL GIOCO DELLA GUERRA

E le povere fate
ve le immaginate
a fare le valige?
Per l'emozione le trecce
della fata turchina
son diventate grige.
Il mago nella fretta
si scorda la bacchetta
e Cappuccetto perde la berretta.

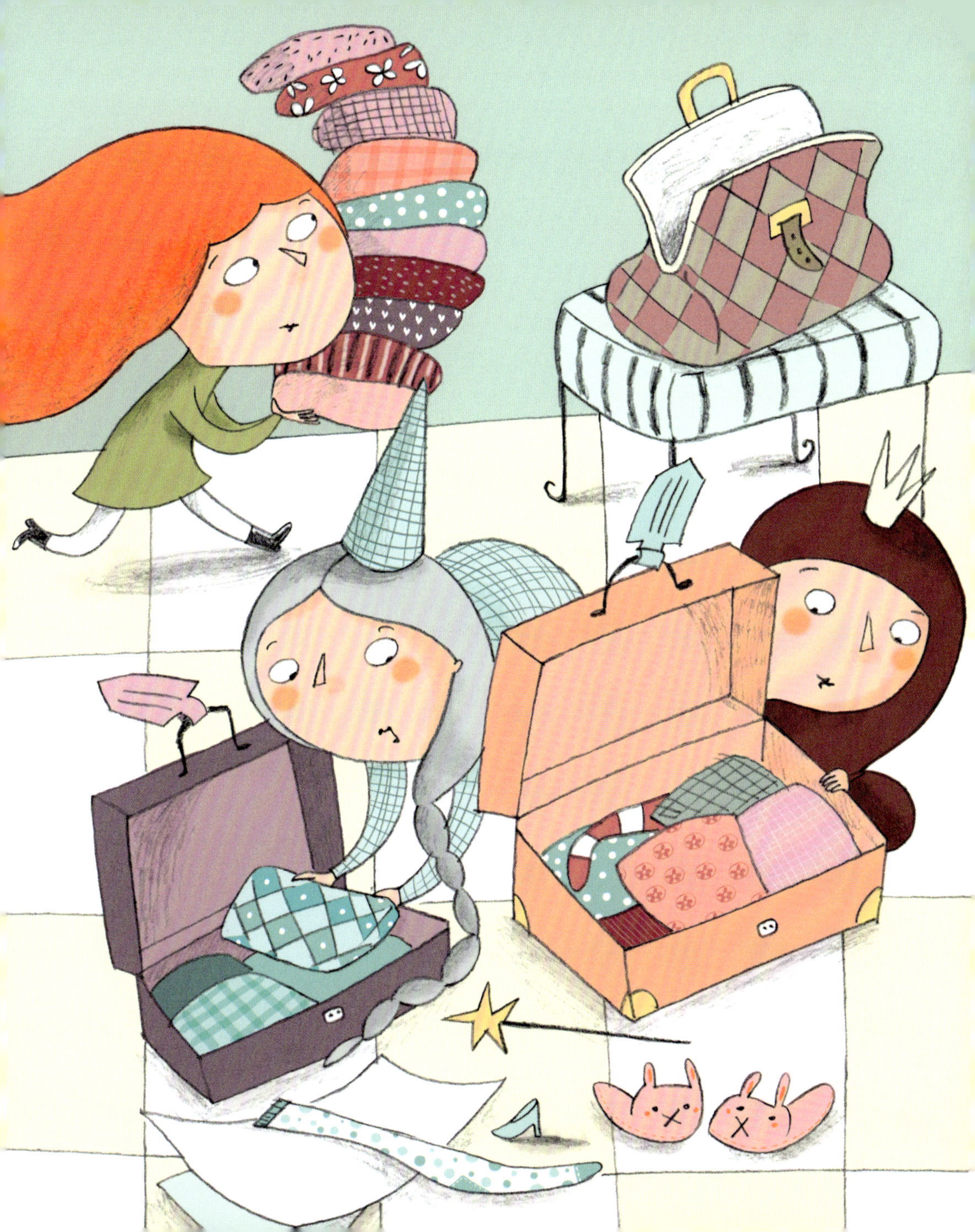

Che spavento!
Biancaneve ha uno svenimento.
Il castello si vuota in un momento.
A bordo di una nuvola
la compagnia se ne va...
Dove, nessuno lo sa.

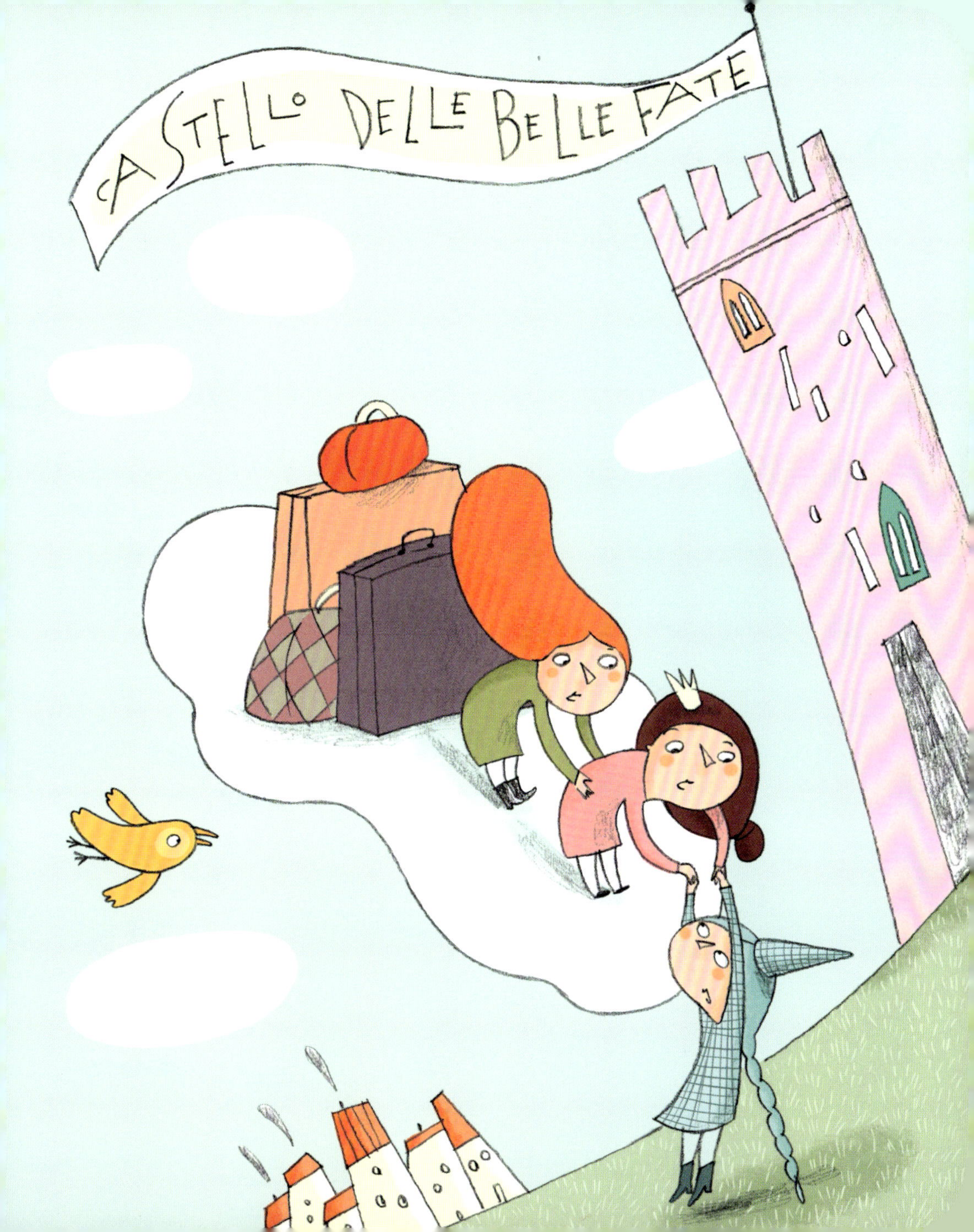
CASTELLO DELLE BELLE FATE

Forse in qualche paese
dove si sentono sicure,
dove anche i generali
vogliono bene alle fate
e le circondano di premure
perché sono così delicate.
Ed ora io mi domando:
Torneranno? Ma quando?

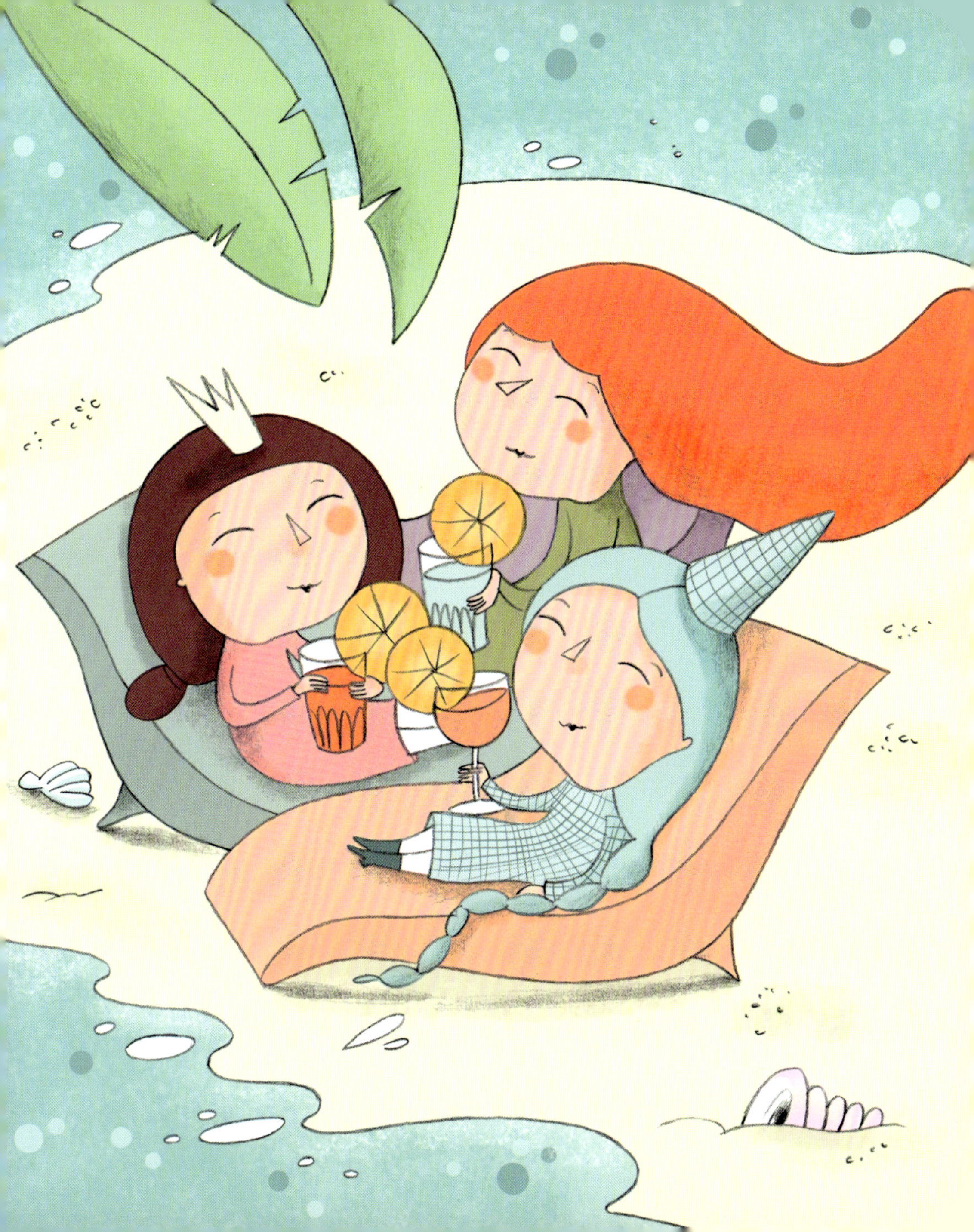

Nella selva incantata
ci crescono le ortiche,
sul naso della Bella Addormentata
ci passeggiano le formiche,
la porta del Castello è sempre chiusa
e quando i bimbi chiedono una storia
i nonni trovano la scusa
che hanno perso la memoria...

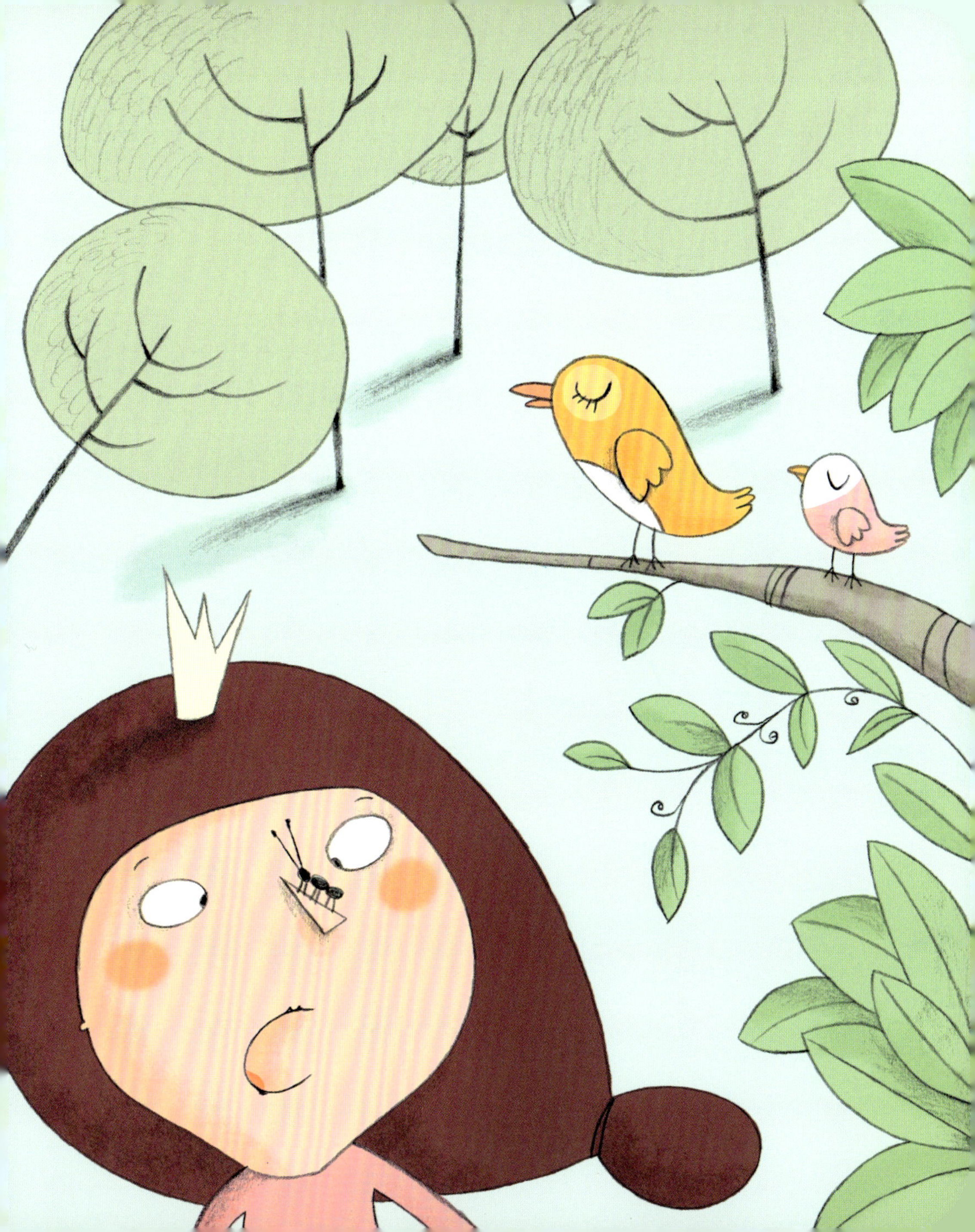

Ma allora torneranno?
Io dico di sí.
Sapete che si fa?
Si va dai generali
con gli stivali
incapricciati di fare la guerra
e si dice cosí:
"Signori, per cortesia
andatevene via da questa terra,
andate sulla luna
o anche piú lontano
in un posto fuori mano,
dove potrete sparare a tutto spiano
e non si sentirà il baccano.

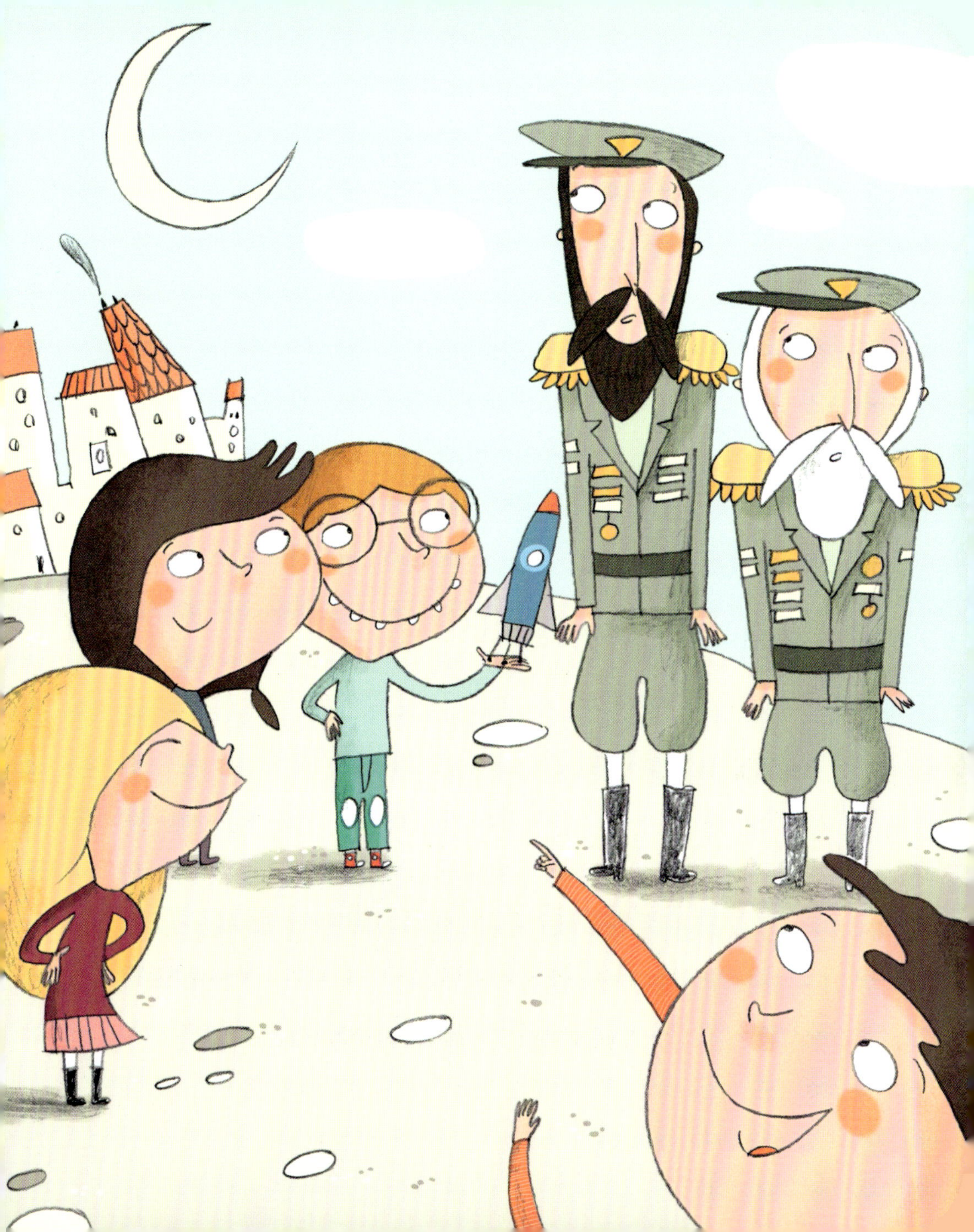

Il mattino vi farete svegliare
con un bombardamento
o un cannoneggiamento,
a vostro piacimento
e ogni sera
direte la preghiera
con la mitragliatrice.
La gente sarà più felice.
Si potrà stare in pace
tutti i giorni di tutto l'anno,
e di certo così
le fate torneranno."

CASTELLO DELLE BELLE FATE

È in arrivo un treno carico di...

illustrazioni di **Chiara Nocentini**

Nella notte di Capodanno,
quando tutti a nanna vanno,
è in arrivo sul primo binario
un direttissimo straordinario,
composto di dodici vagoni
tutti carichi di doni...

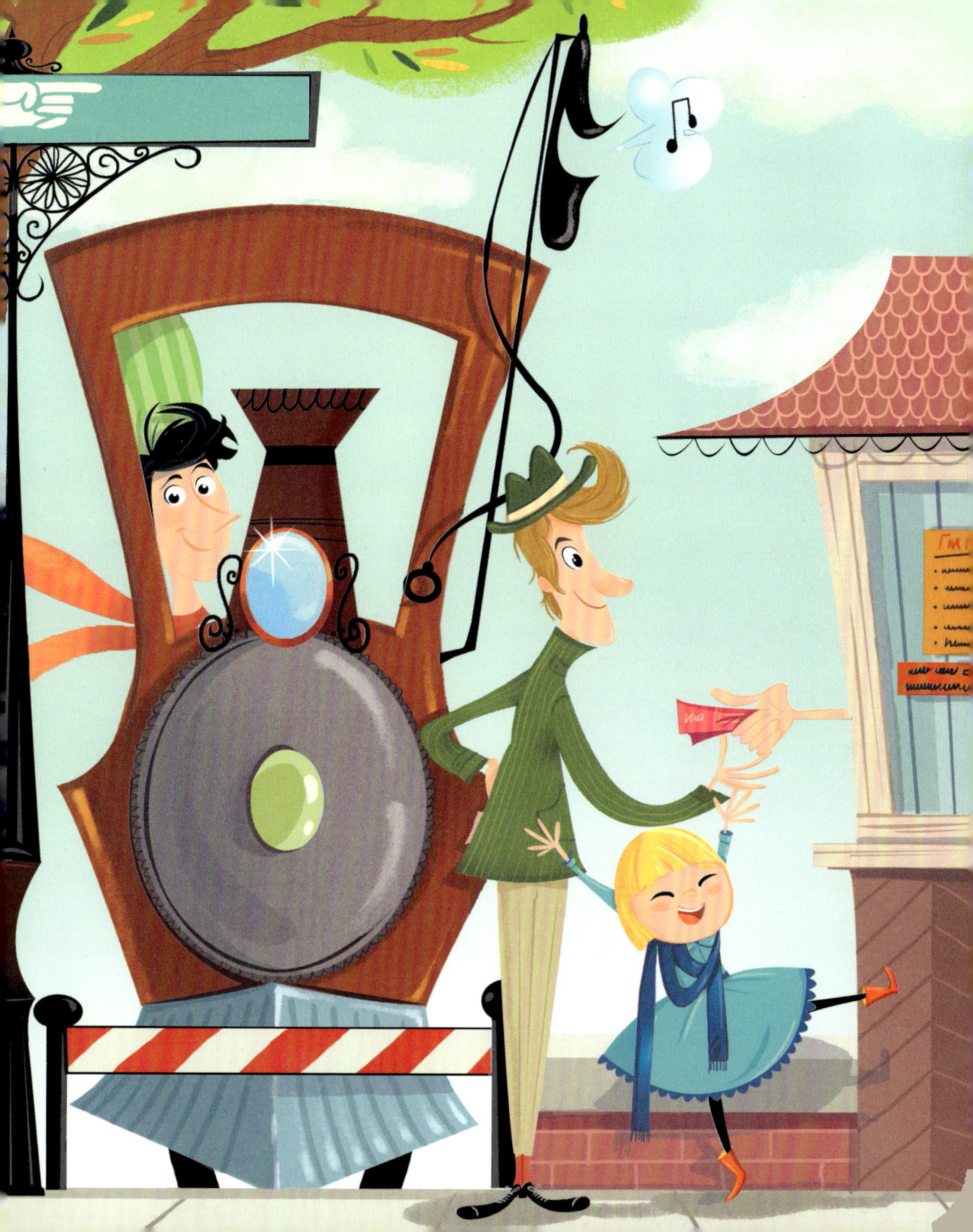

Gennaio

Sul primo vagone, sola soletta,
c'è una simpatica vecchietta.
Deve amar molto la pulizia
perché una scopa le fa compagnia...
Dalla sua gerla spunta il piedino
di una bambola o d'un burattino.
"Ho tanti nipoti," borbotta, "ma tanti!"
E se volete sapere quanti,
contate tutte le calze di lana
che aspettano il dono della Befana.

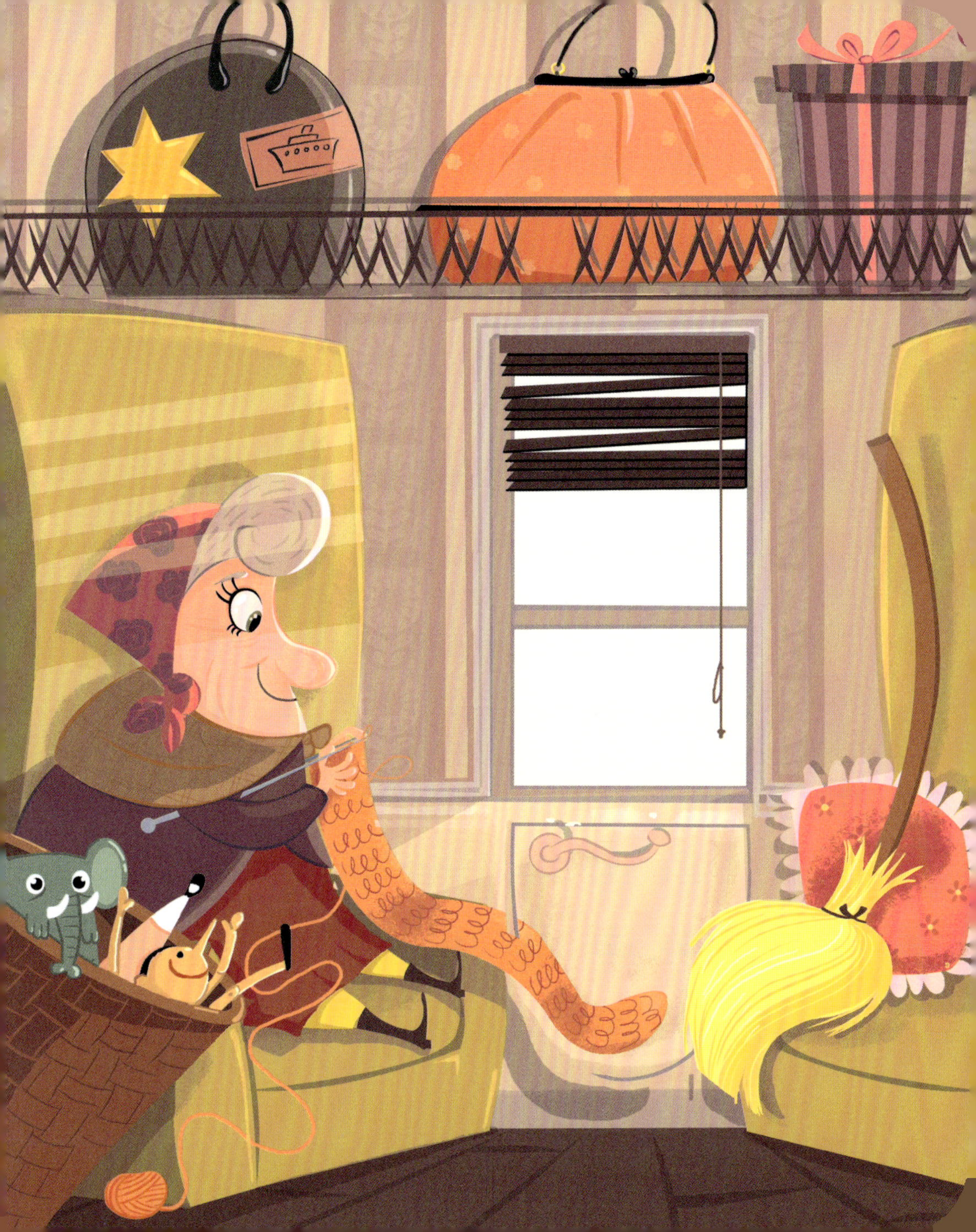

Febbraio

Secondo vagone, che confusione!
Carnevale fa il pazzerellone:
c'è Arlecchino, c'è Colombina,
c'è Pierrot con la sua damina,
e accanto alle maschere d'una volta
galoppano indiani a briglia sciolta,
sceriffi sparano caramelle,
astronauti lanciano stelle
filanti, e sognano a fumetti
come gli eroi dei loro giornaletti.

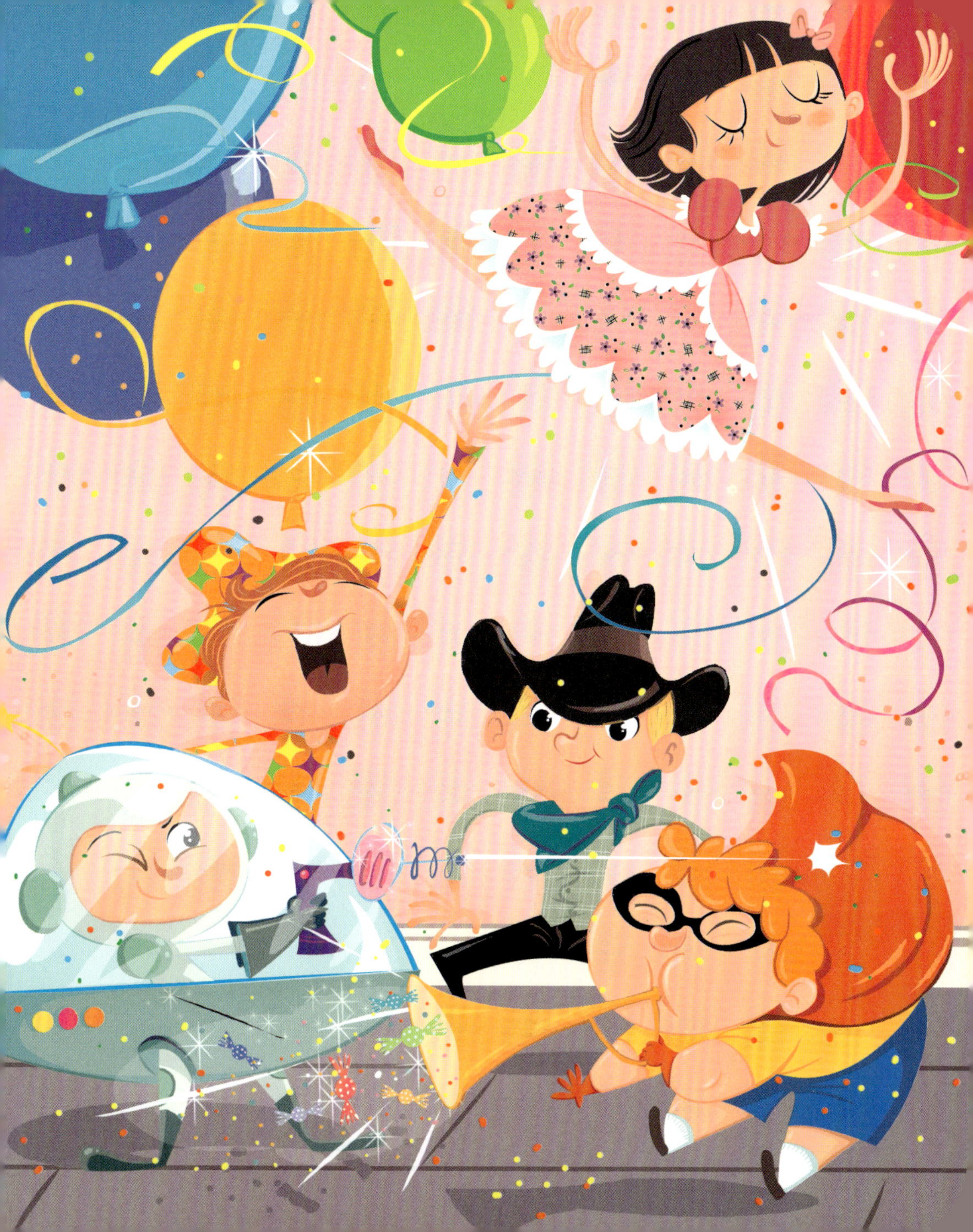

Marzo

Sul terzo vagone
viaggia la Primavera
col vento marzolino.
Gocce ridono e piangono
sui vetri del finestrino.
Una rondine svola,
profuma una viola...
Tutta roba per la campagna.
In città, fra il cemento,
profumano soltanto
i tubi di scappamento.

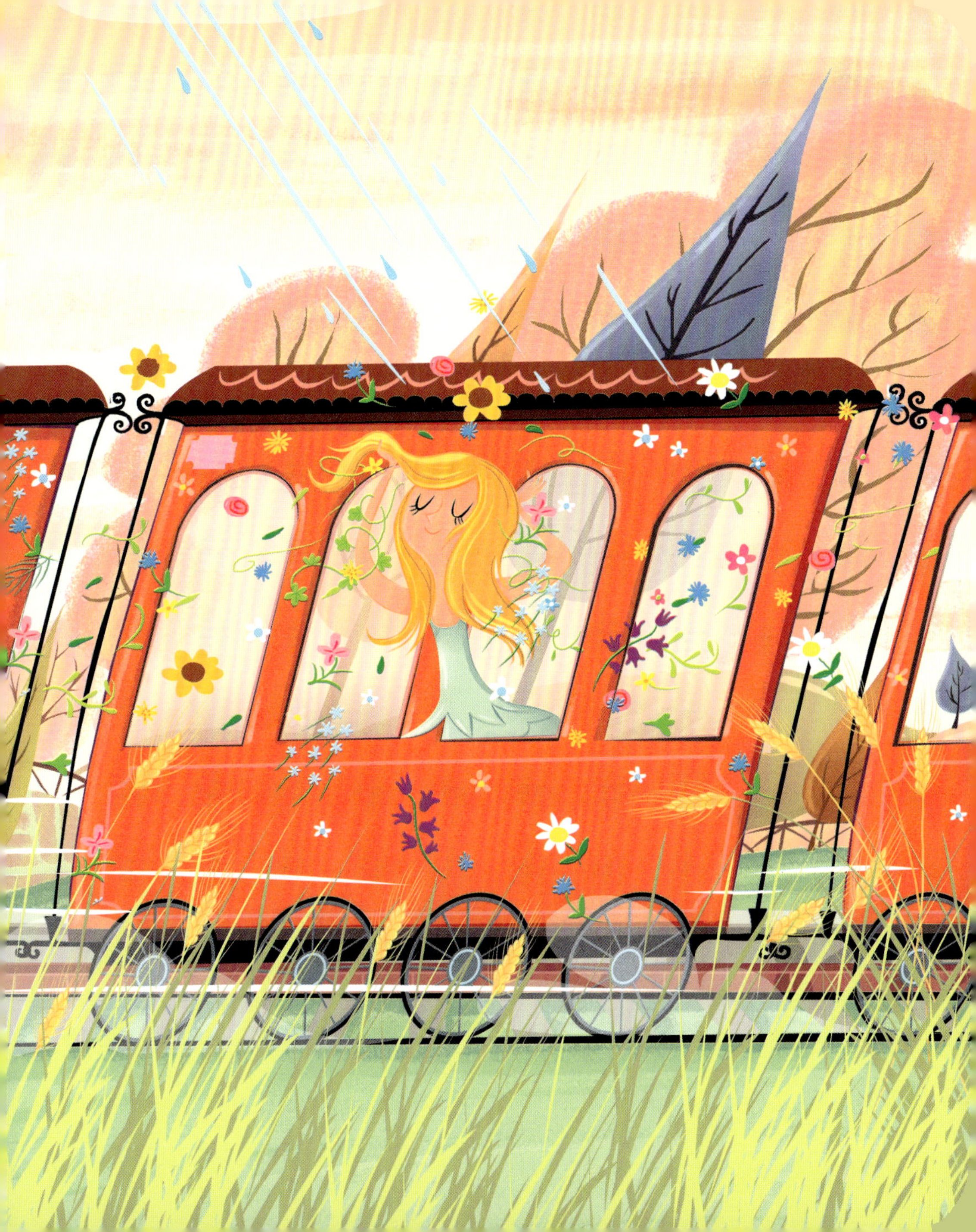

Aprile

Il quarto vagone è riservato
a un pasticcere rinomato
che prepara, per la Pasqua,
le uova di cioccolato.
Al posto del pulcino c'è la sorpresa.
Campane di zucchero
suoneranno a distesa.

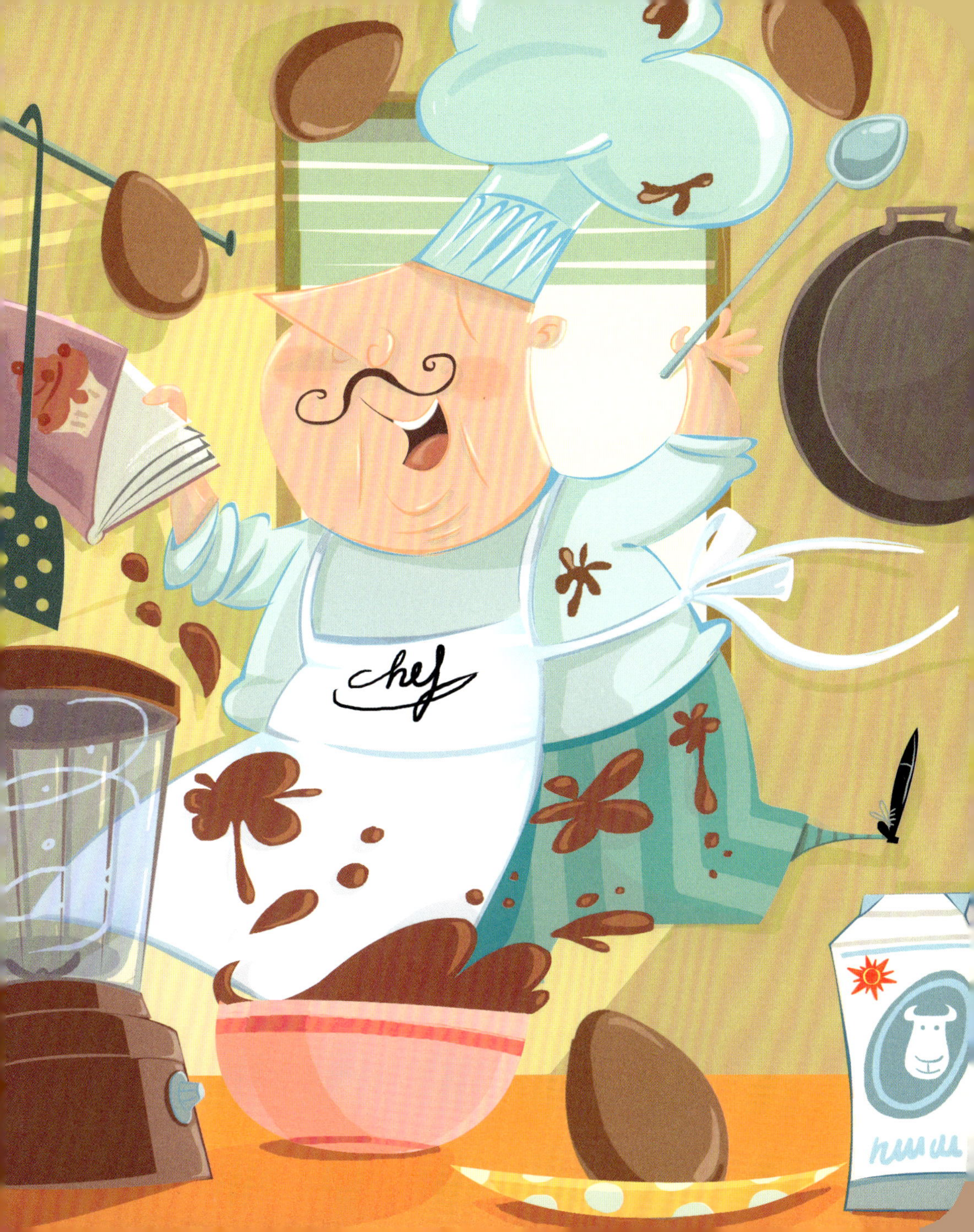
chef

Maggio
Un carico giocondo
riempie il quinto vagone:
tutti i fiori del mondo,
tutti i canti di Maggio...
Buon viaggio! Buon viaggio!

Giugno
Giugno, la falce in pugno!
Ma sul sesto vagone
io non vedo soltanto
le messi ricche e buone...
Vedo anche le pagelle:
un po' brutte, un po' belle,
un po' gulp, un po' squash!
Ah, che brutta invenzione,
amici miei,
quei cinque numeri prima del sei.

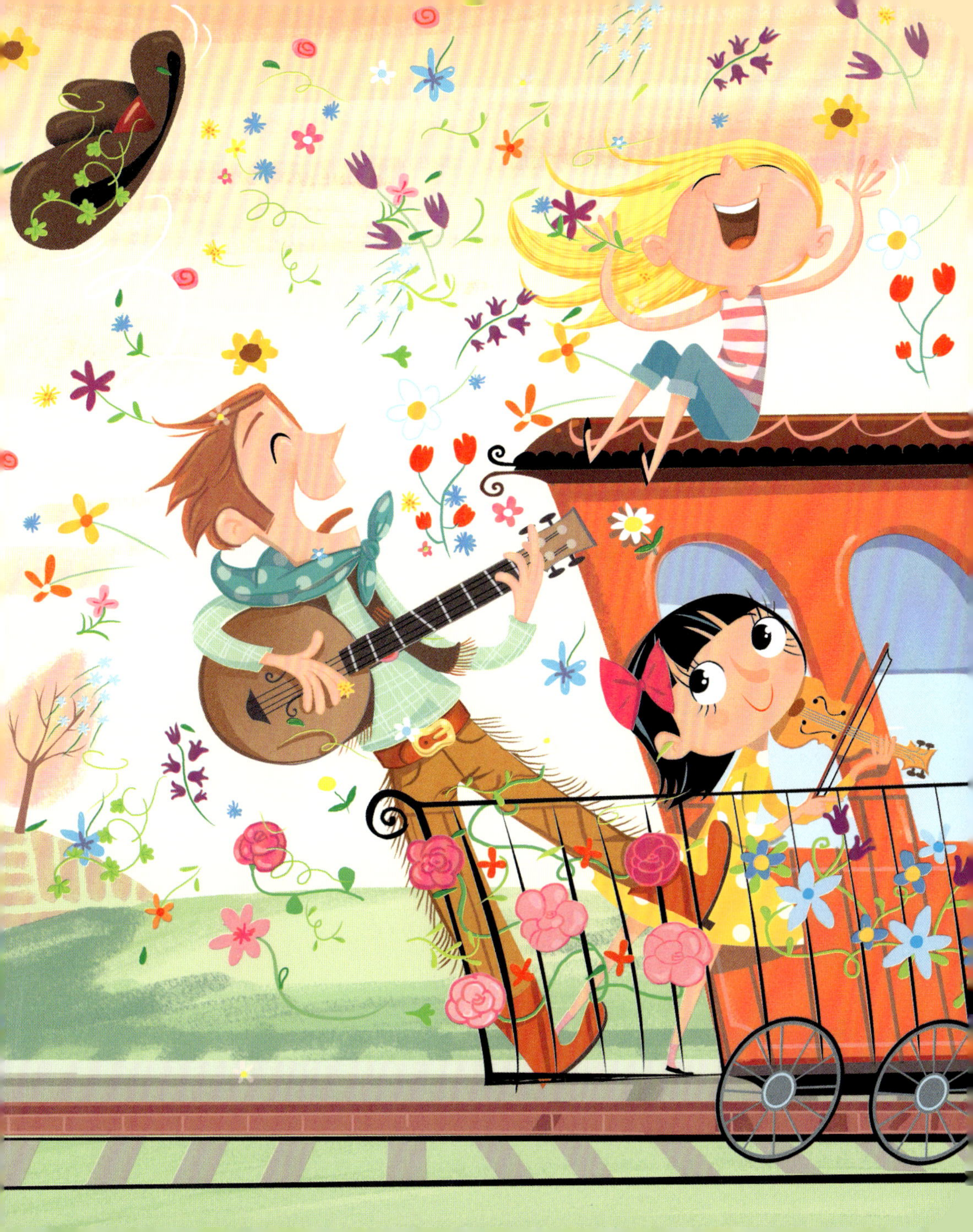

Luglio

Il settimo vagone
è tutto sole e mare:
affrettatevi a montare!
Non ci sono sedili, ma ombrelloni.
Ci si tuffa dai finestrini
meglio che dai trampolini.
C'è tutto l'Adriatico,
c'è tutto il Tirreno:
non ci sono tutti i bambini...
ecco perché il vagone non è pieno.

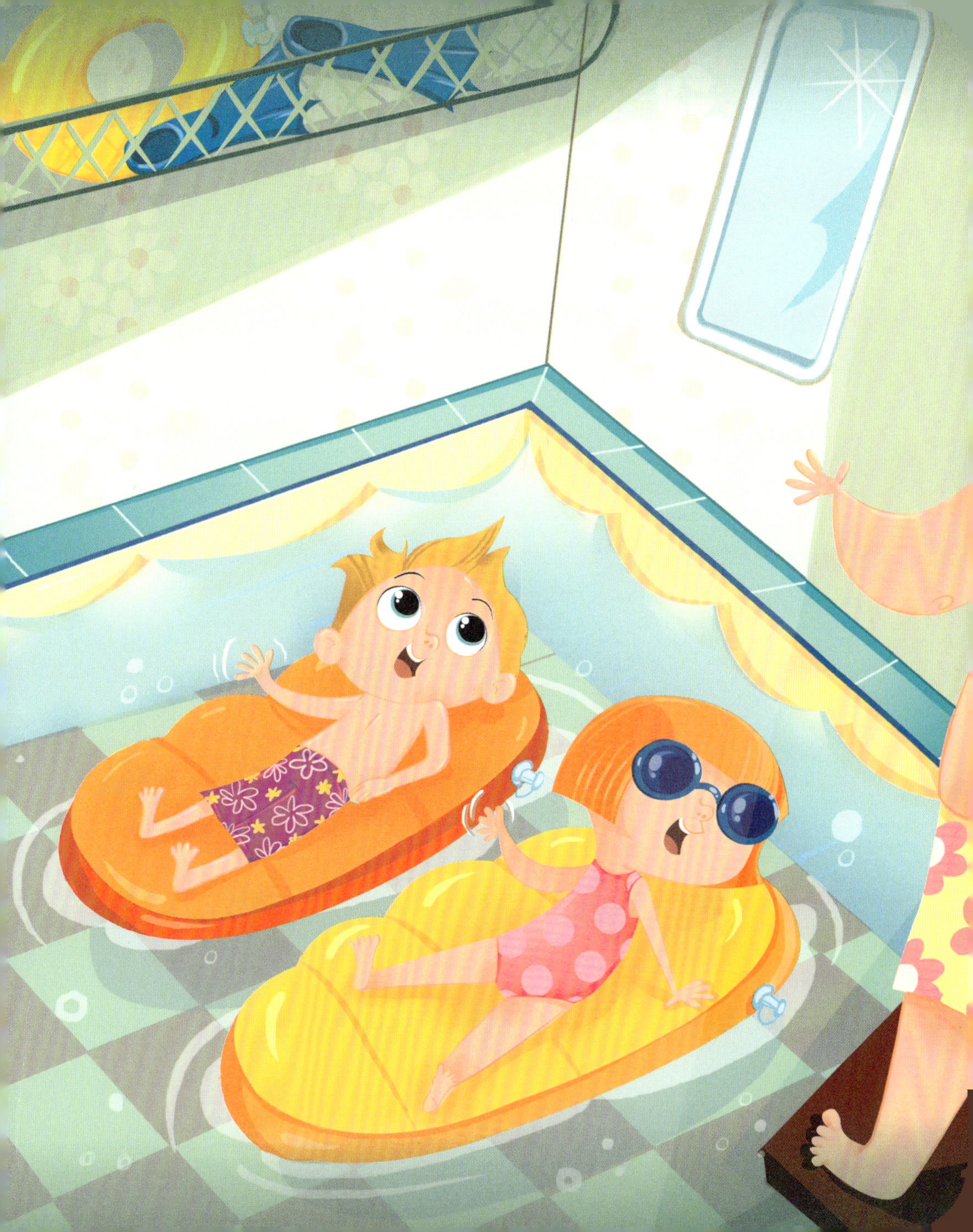

Agosto
Sull'ottavo vagone
ci sono le città:
saranno regalate
a chi resta in città
tutta l'estate.
Avrà le strade a sua disposizione:
correrà, svolterà, parcheggerà
da padrone.
A destra e a sinistra
sorpasserà se stesso...
Ma di sera sarà triste lo stesso.

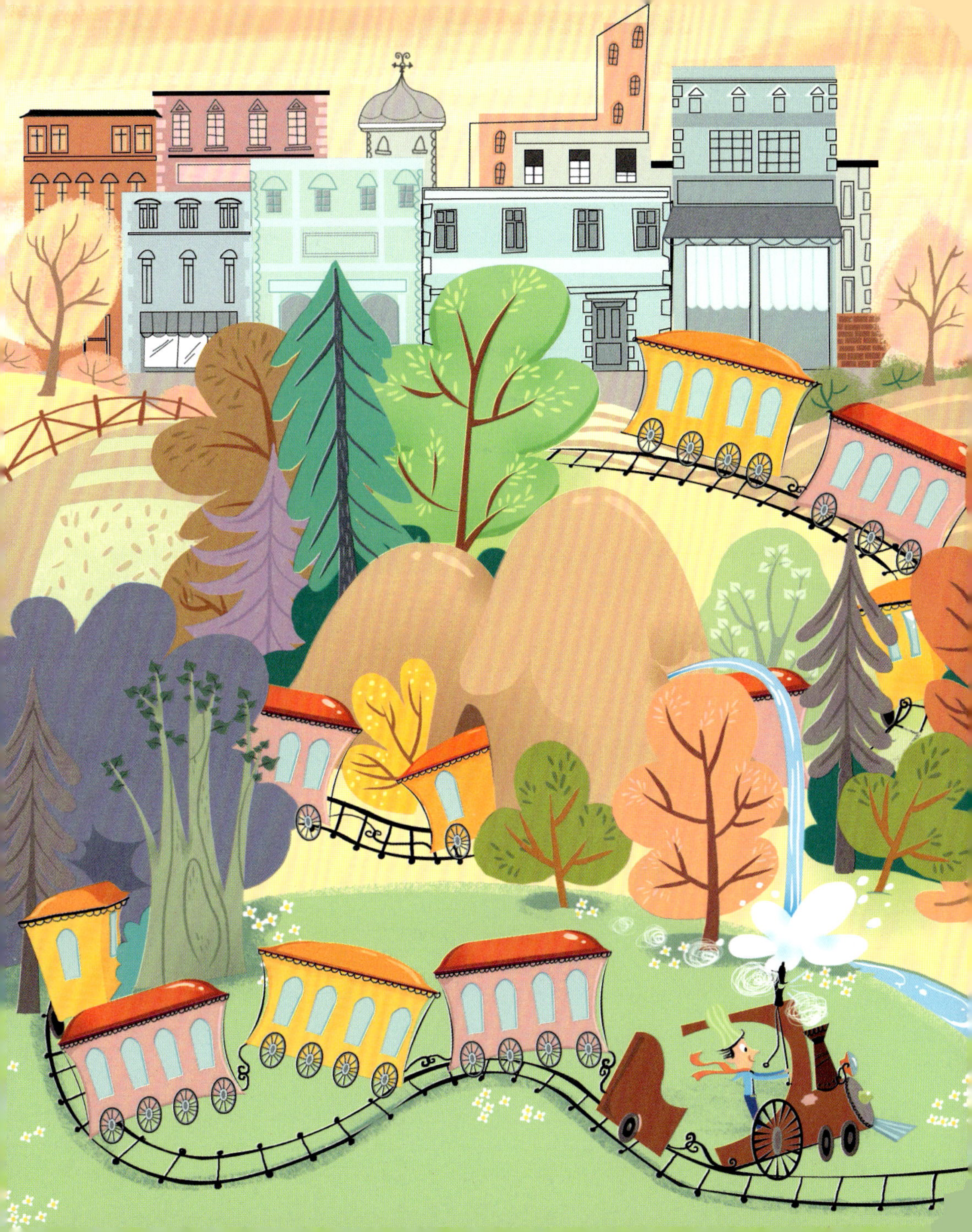

Settembre

Osservate sul nono vagone
gli esami di riparazione.
Severi, solenni come becchini...
e se la pigliano con i bambini!
Perché qualche volta, per cambiare,
non sono i grandi a riparare?

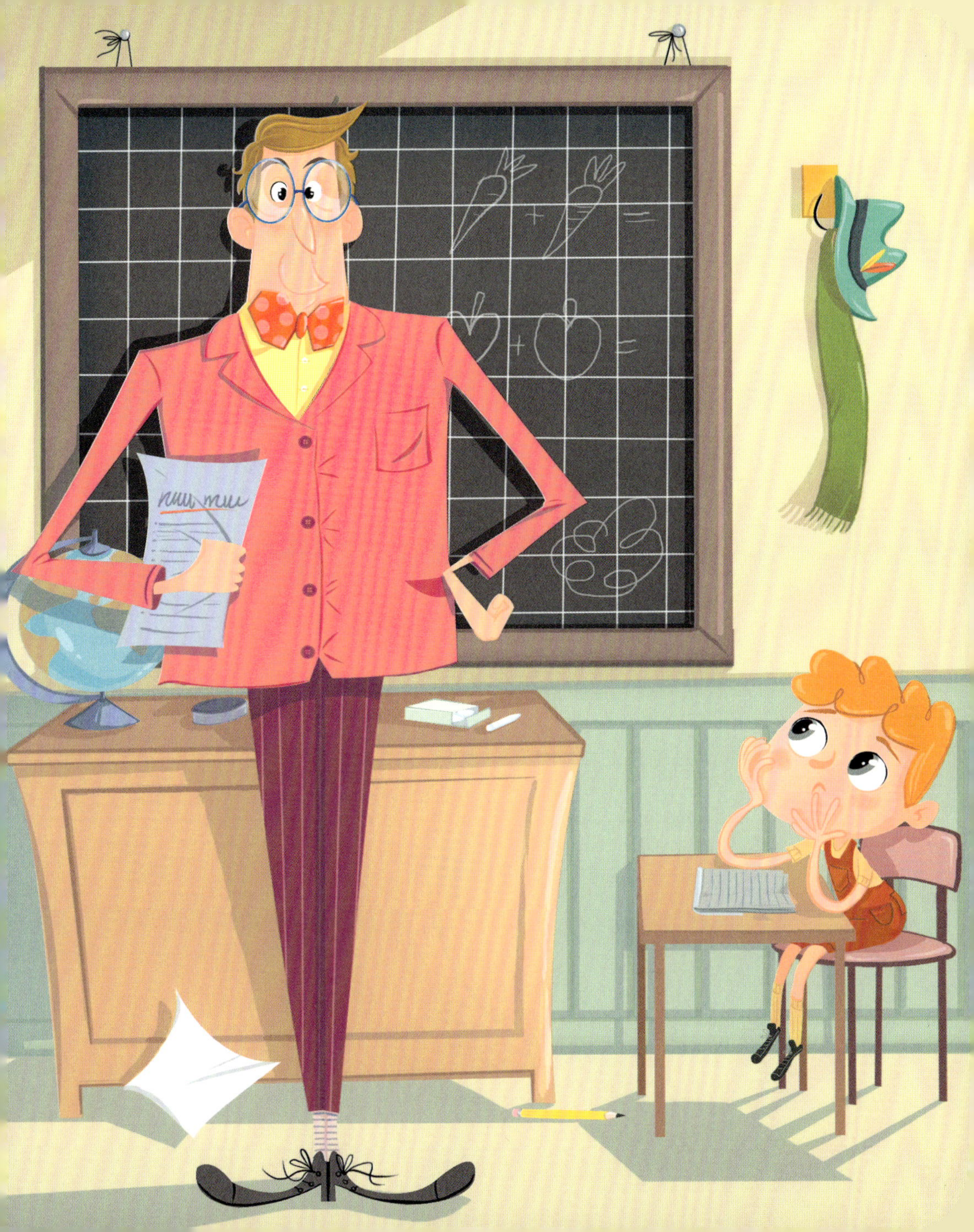

Ottobre
Sul decimo vagone
ci sono tanti banchi,
c'è una lavagna nera
e dei gessetti bianchi.
Dai vetri spalancati
il mondo intero può entrare:
è un ottimo maestro
per chi lo sa ascoltare.

Novembre
Sull'undicesimo vagone
c'è un buon odore di castagne,
paesi grigi, grige campagne
già rassegnate al primo nebbione,
e buoni libri da leggere a sera
dopo aver spento la televisione.

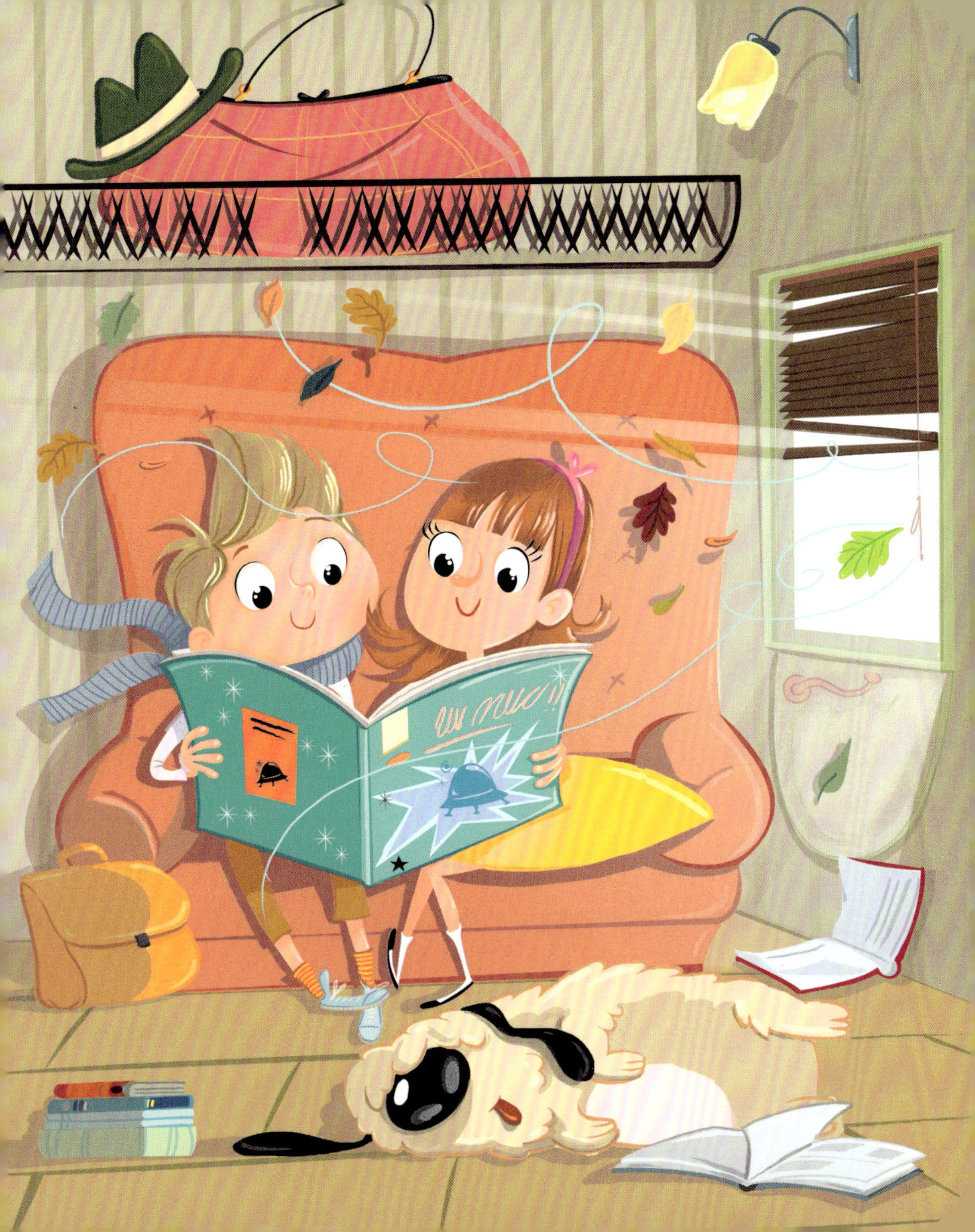

Dicembre

Ed ecco l'ultimo vagone,
è fatto tutto di panettone,
ha i cuscini di cedro candito
e le porte di torrone.
Appena in stazione sarà mangiato
di buon umore e di buon appetito.
Mangeremo anche la panca
su cui siede a sonnecchiare
Babbo Natale con la barba bianca.

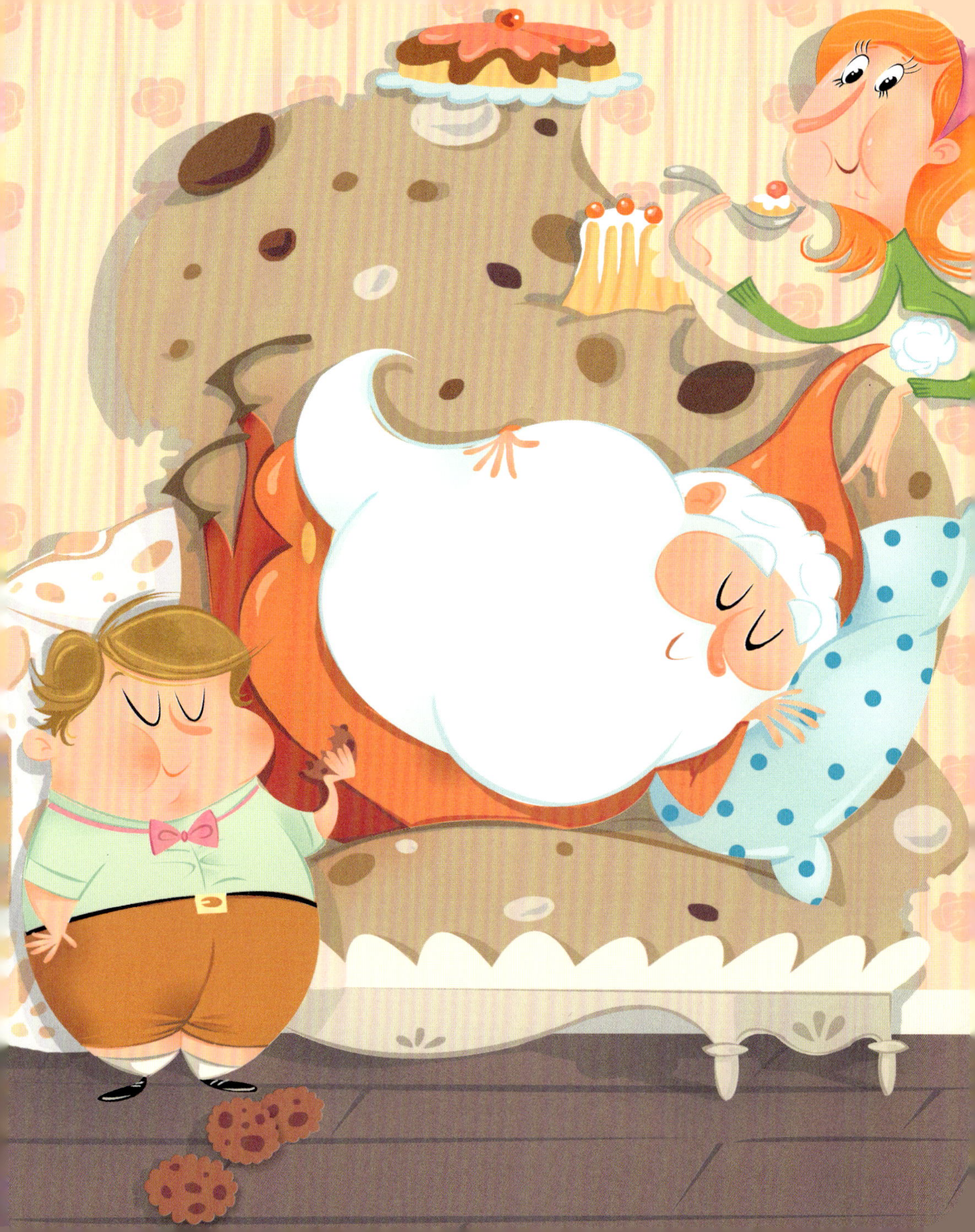

Il giovane gambero

illustrazioni di **Viola Sgarbi**

Un giovane gambero pensò:
"Perché nella mia famiglia tutti camminano all'indietro? Voglio imparare a camminare in avanti, come le rane, e mi caschi la coda se non ci riesco."

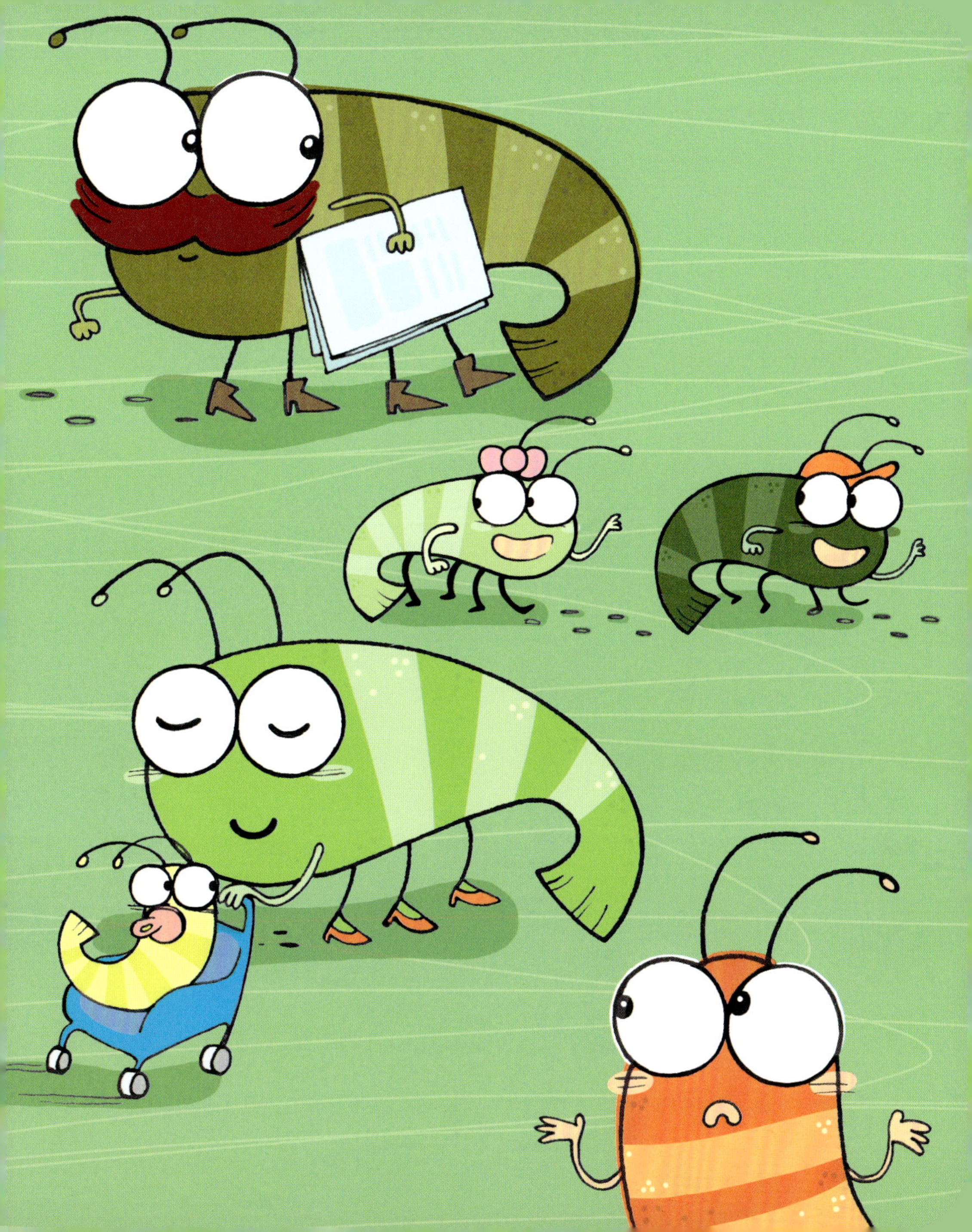

Cominciò ad esercitarsi di nascosto, tra i sassi del ruscello natio, e i primi giorni l'impresa gli costava moltissima fatica.
Urtava dappertutto, si ammaccava la corazza e si schiacciava una zampa con l'altra. Ma un po' alla volta le cose andarono meglio, perché tutto si può imparare, se si vuole.

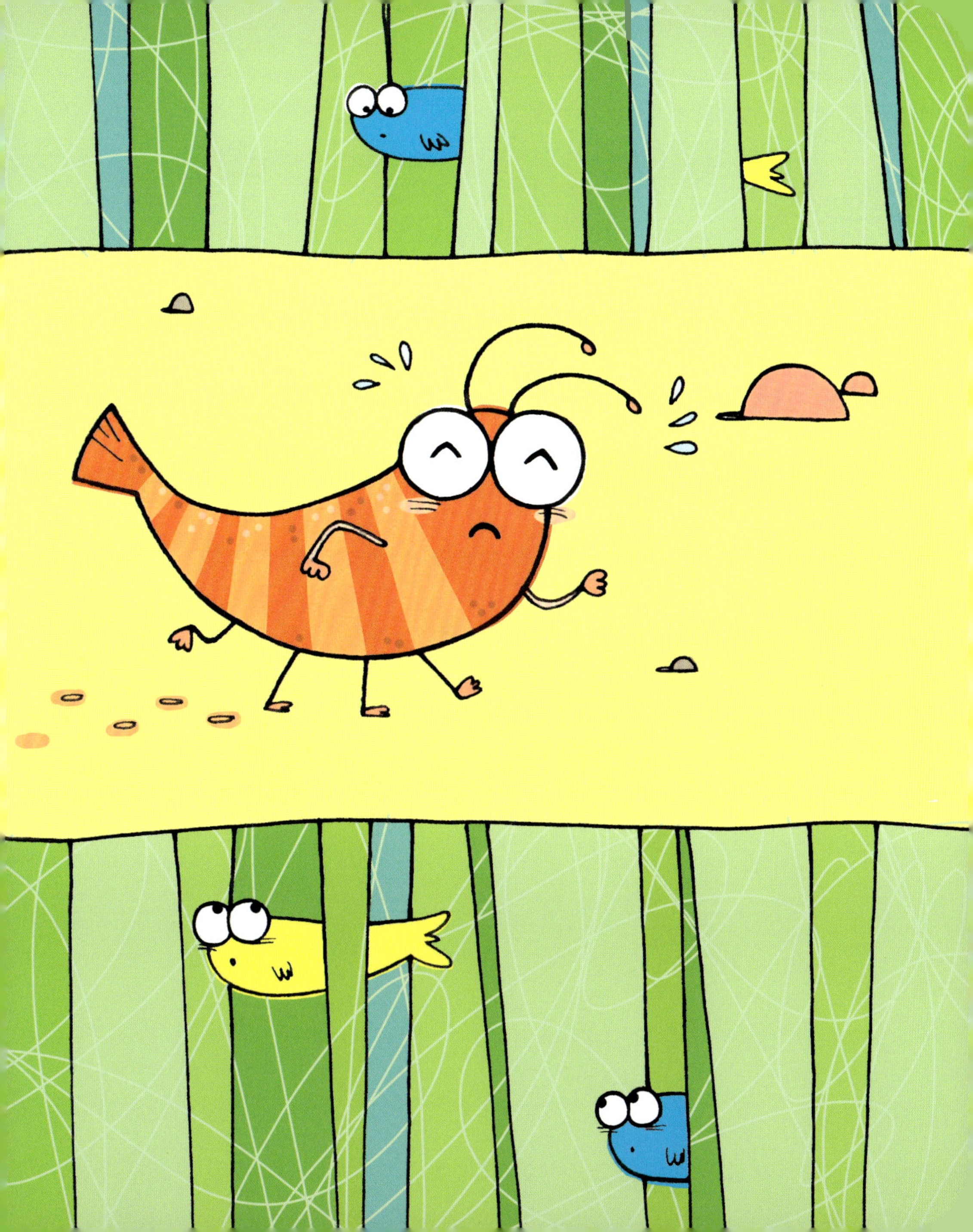

Quando fu ben sicuro di sé, si presentò alla sua famiglia e disse: "State a vedere."
E fece una magnifica corsetta in avanti.

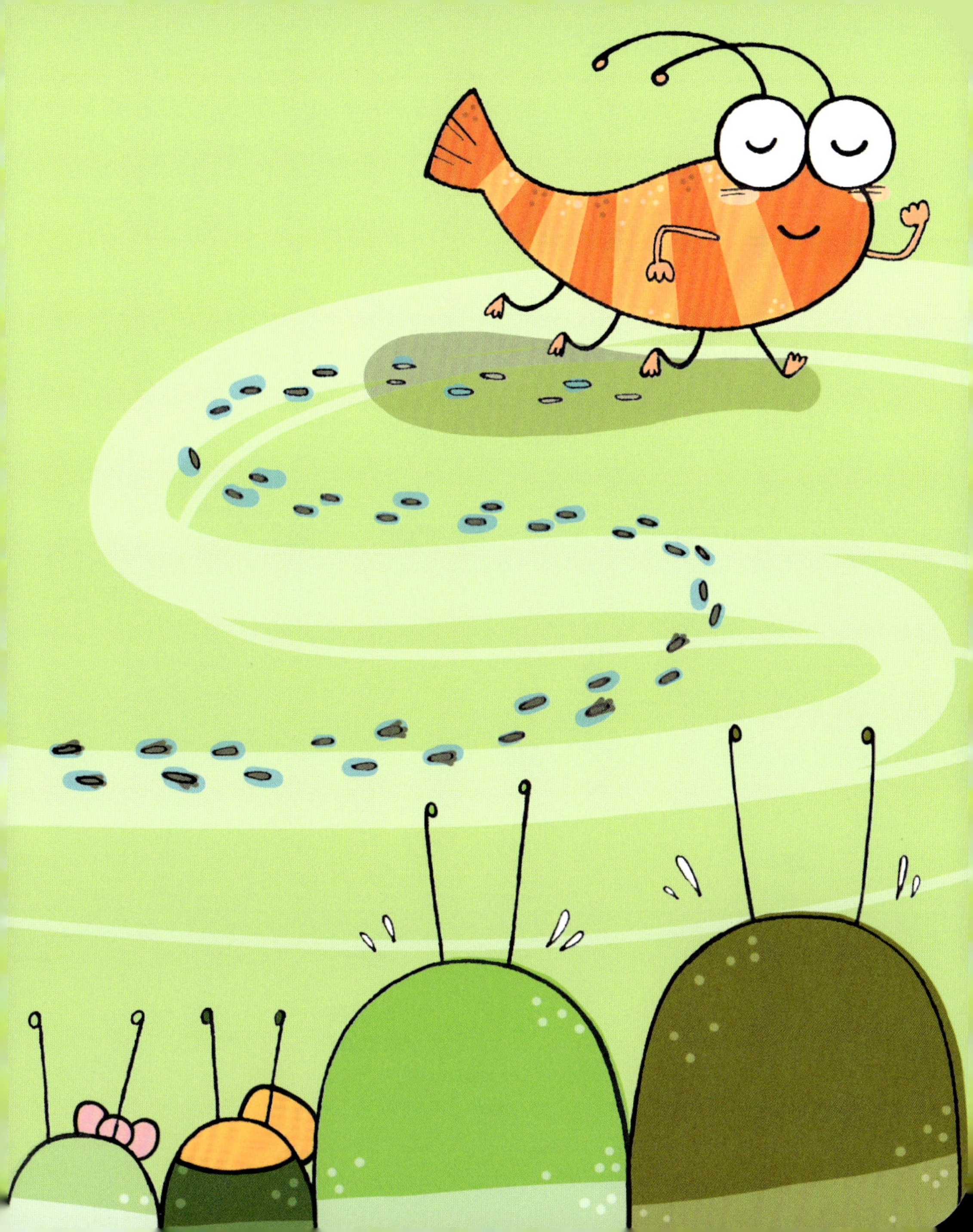

"Figlio mio," scoppiò a piangere la madre, "ti ha dato di volta il cervello? Torna in te, cammina come tuo padre e tua madre ti hanno insegnato, cammina come i tuoi fratelli che ti vogliono tanto bene."

I suoi fratelli però non facevano che sghignazzare.

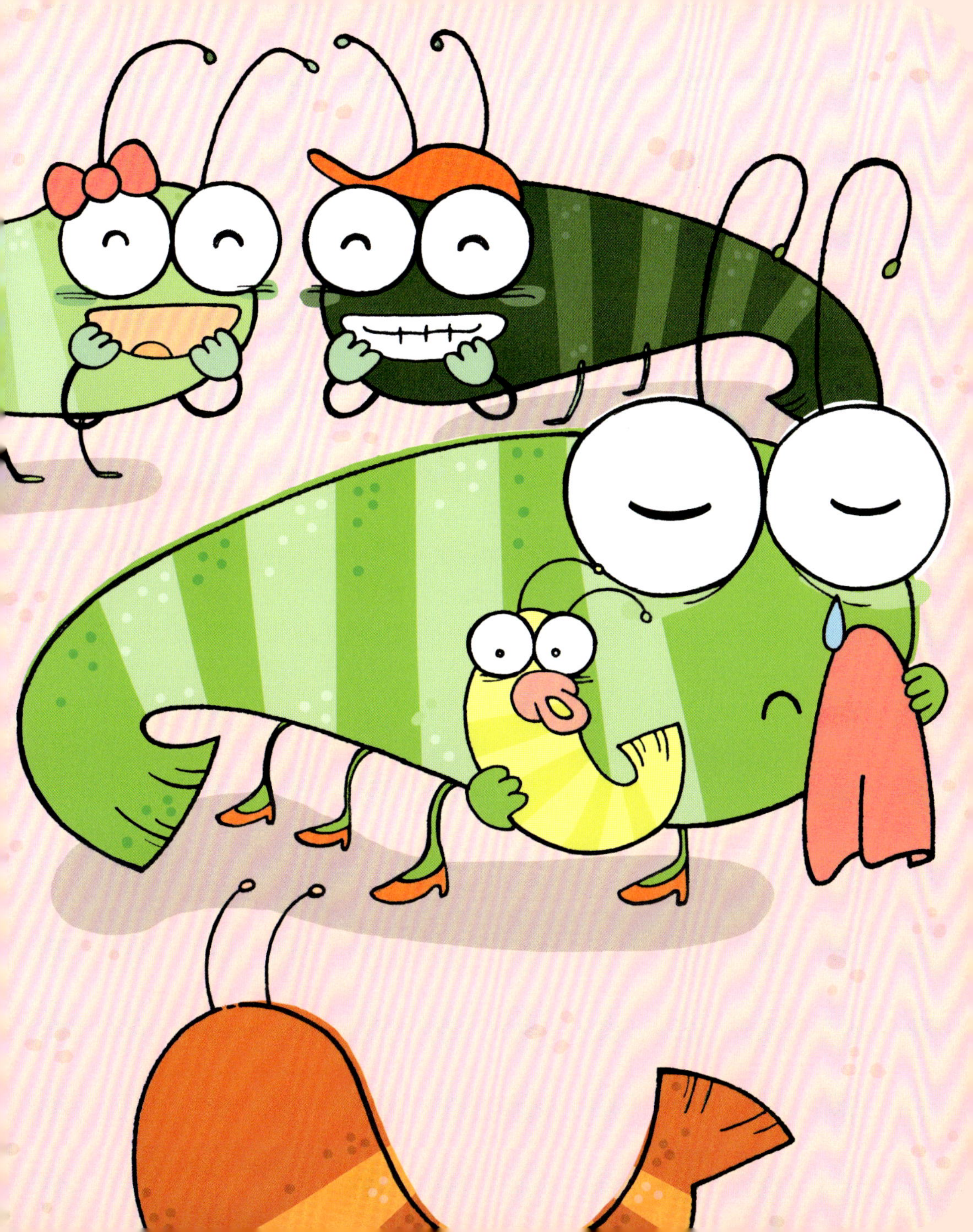

Il padre lo stette a guardare severamente per un pezzo, poi disse: "Basta cosí. Se vuoi restare con noi, cammina come gli altri gamberi. Se vuoi fare di testa tua, il ruscello è grande: vattene e non tornare piú indietro."

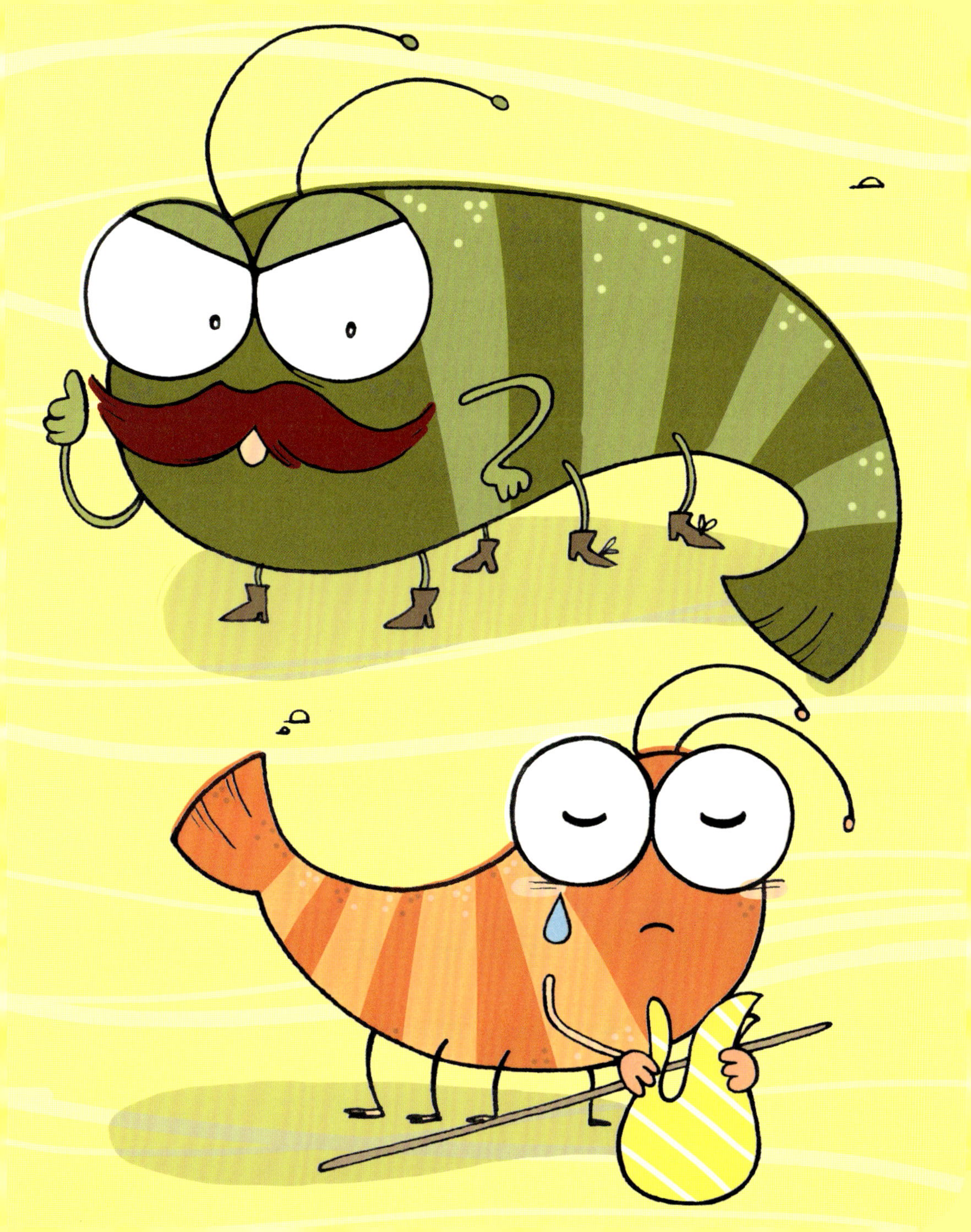

Il bravo gamberetto voleva bene ai suoi, ma era troppo sicuro di essere nel giusto per avere dei dubbi: abbracciò la madre, salutò il padre e i fratelli e si avviò per il mondo. Il suo passaggio destò subito la sorpresa di un crocchio di rane che da brave comari si erano radunate a far quattro chiacchiere intorno a una foglia di ninfea.

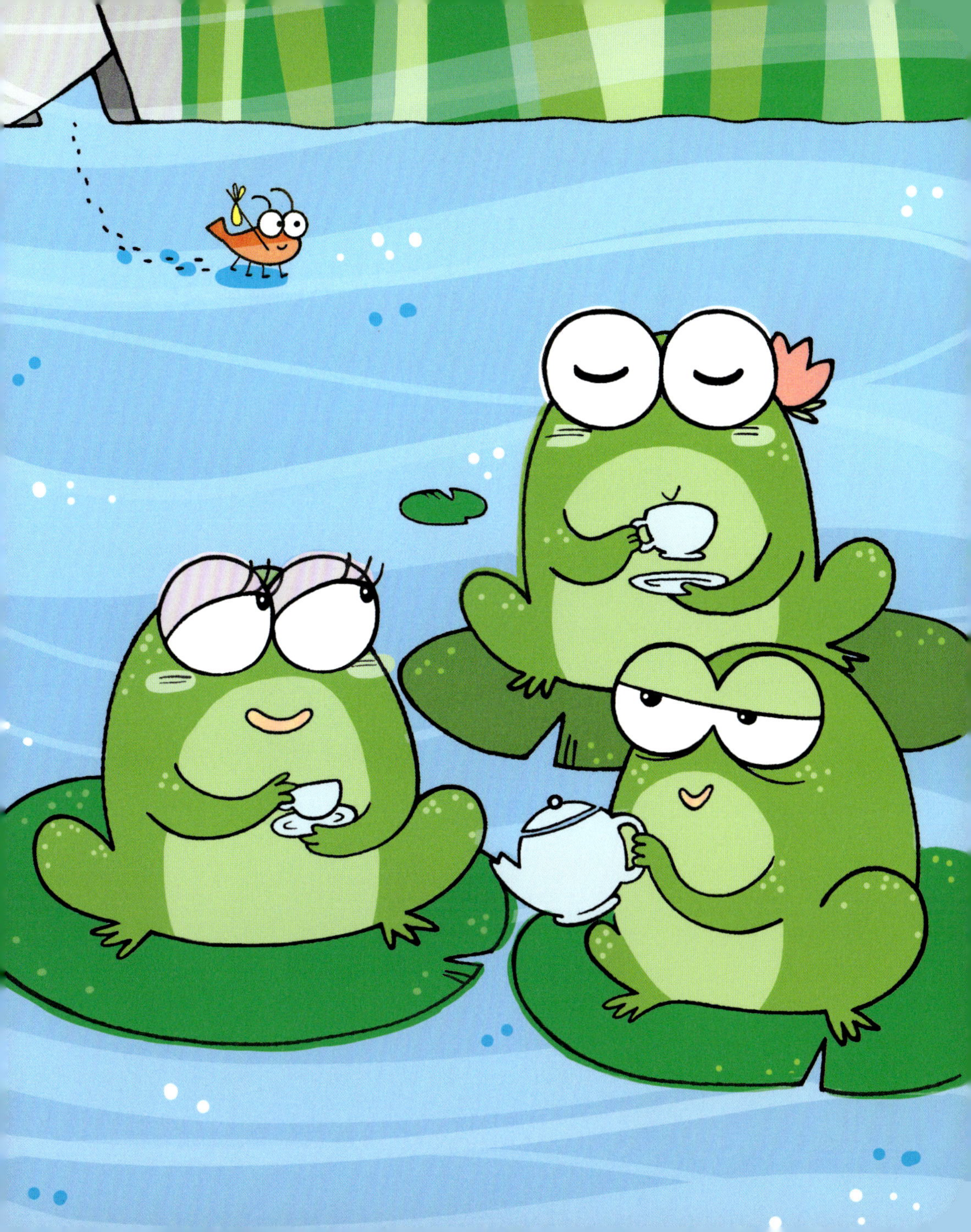

"Il mondo va a rovescio," disse una rana, "guardate quel gambero e datemi torto, se potete."
"Non c'è più rispetto," disse un'altra rana.
"Ohibò, ohibò," disse una terza.
Ma il gamberetto proseguí diritto, è proprio il caso di dirlo, per la sua strada.

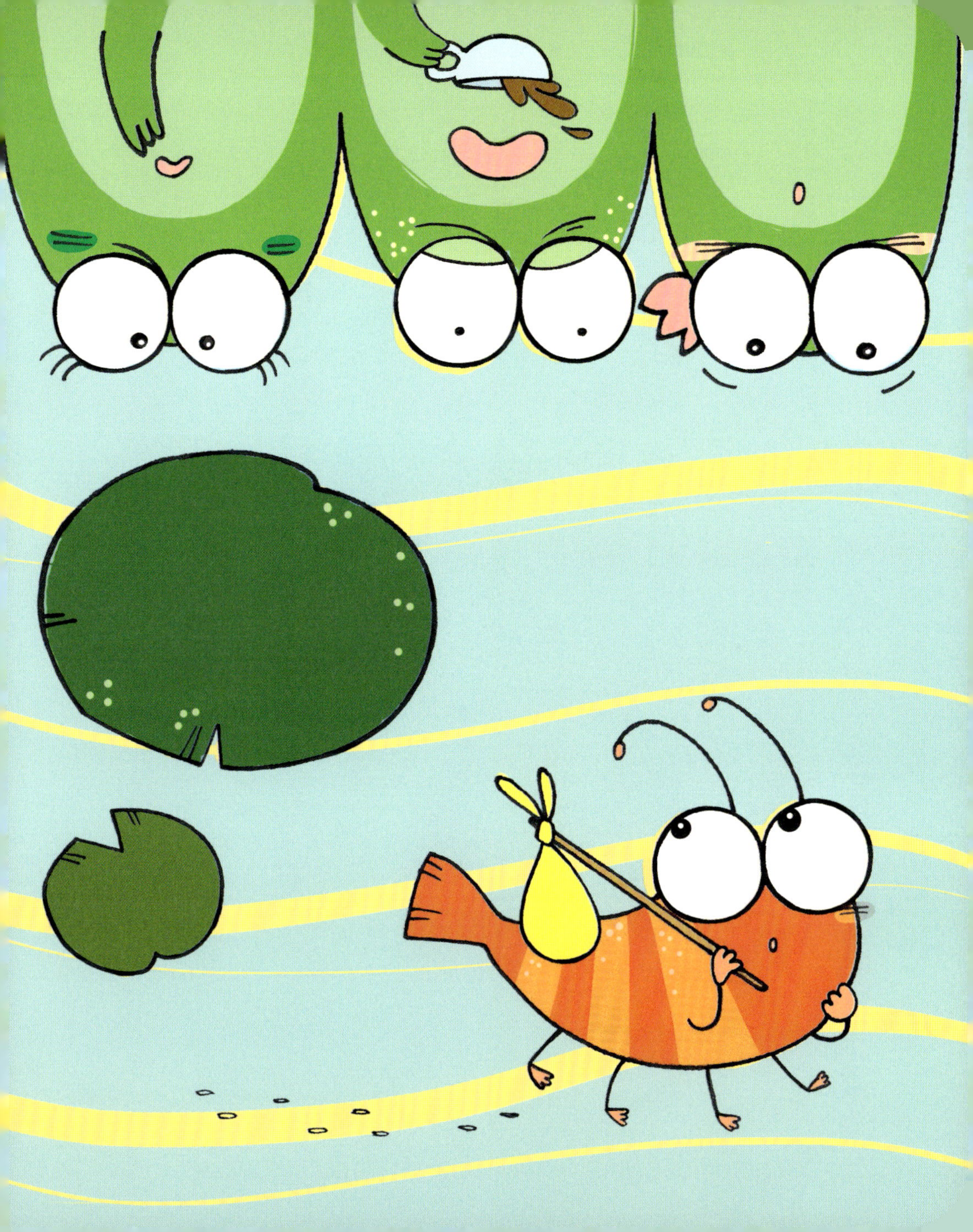

A un certo punto si sentí chiamare da un vecchio gamberone dall'espressione malinconica che se ne stava tutto solo accanto a un sasso.

"Buon giorno," disse il giovane gambero.

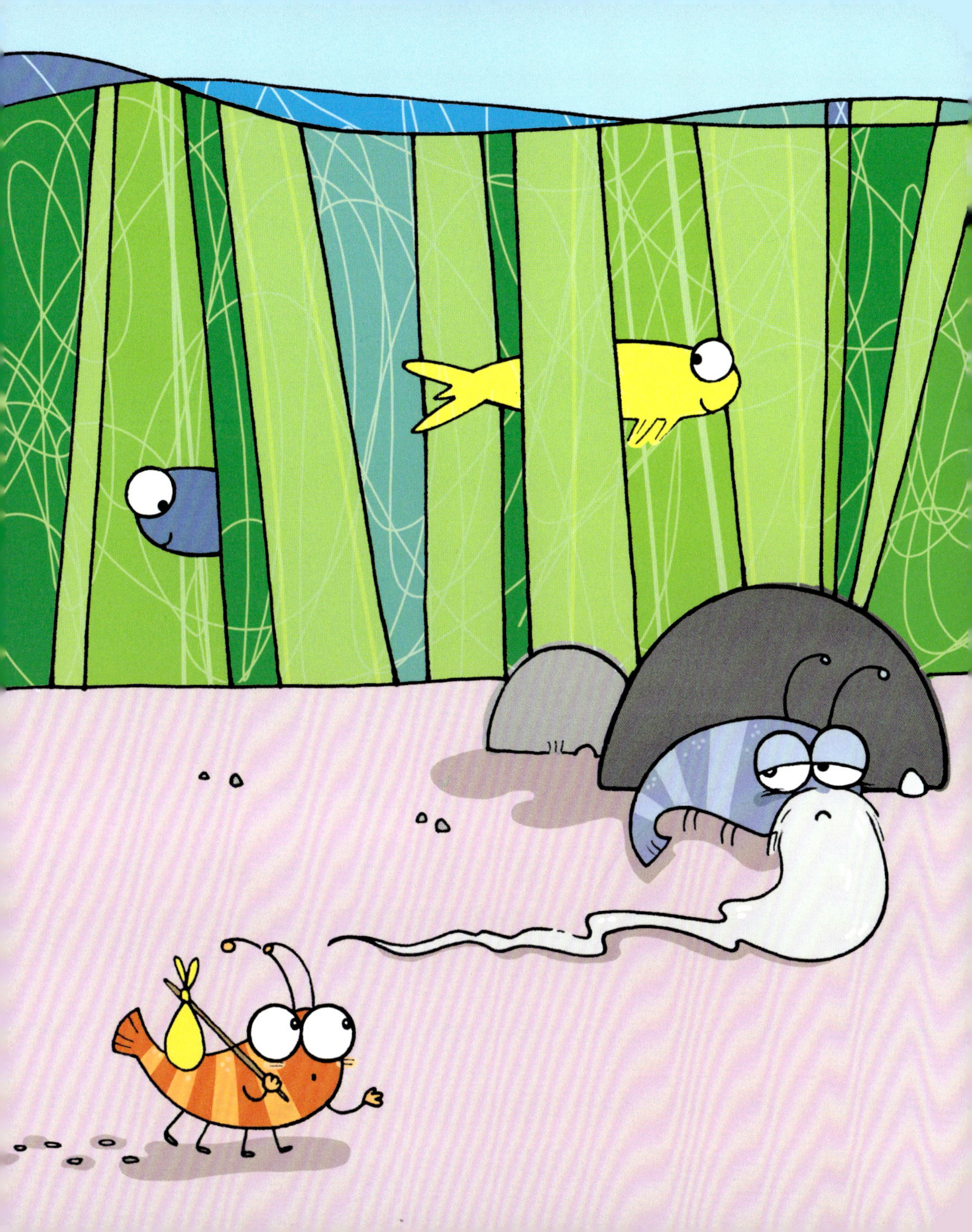

Il vecchio lo osservò a lungo, poi disse: "Cosa credi di fare? Anch'io, quando ero giovane, pensavo di insegnare ai gamberi a camminare in avanti. Ed ecco che cosa ci ho guadagnato: vivo tutto solo, e la gente si mozzerebbe la lingua piuttosto che rivolgermi la parola."

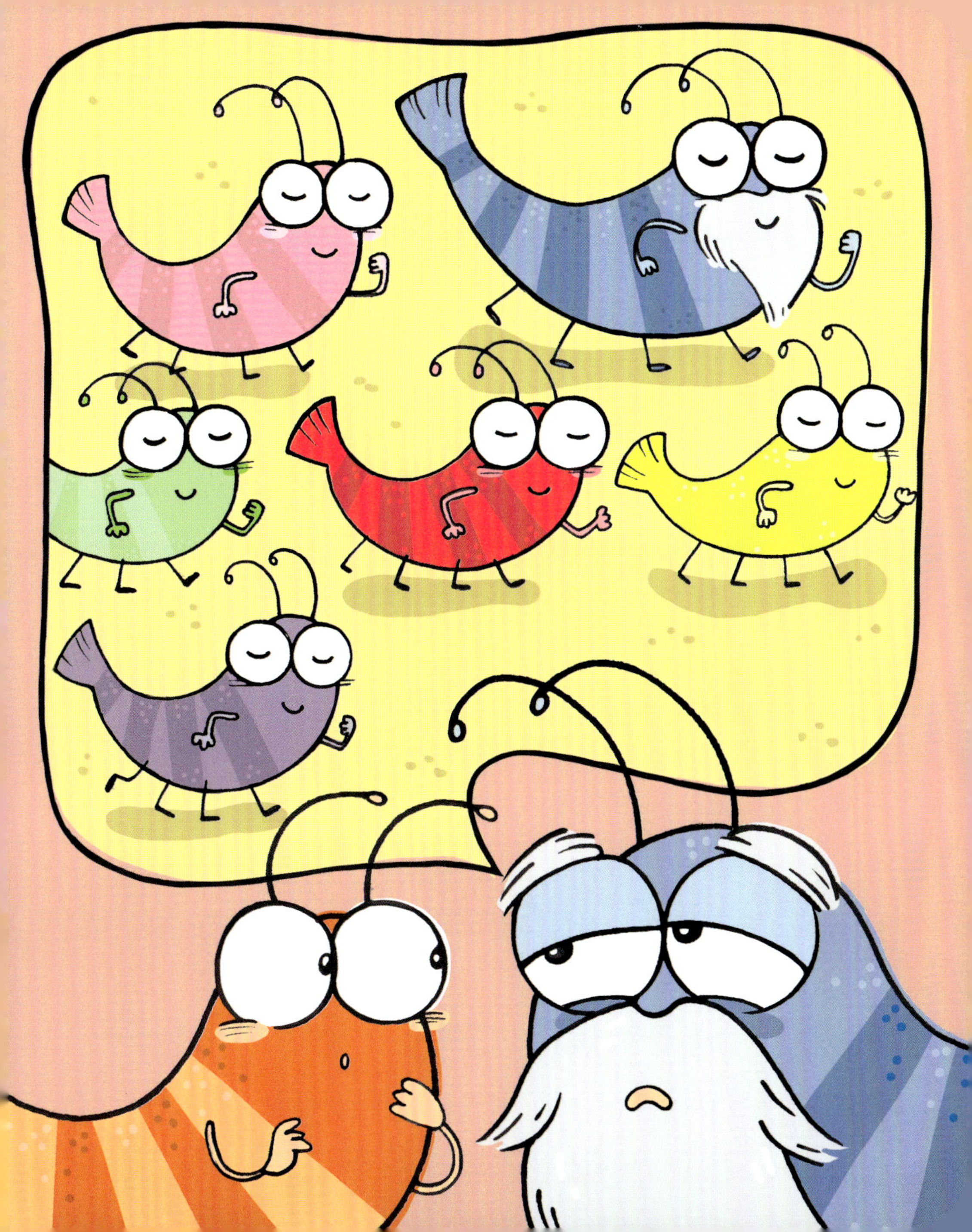

"Fin che sei in tempo, da' retta a me: rassegnati a fare come gli altri e un giorno mi ringrazierai del consiglio."

Il giovane gambero non sapeva cosa rispondere e stette zitto. Ma dentro di sé pensava: "Ho ragione io."

E salutato gentilmente il vecchio riprese fieramente il suo cammino.

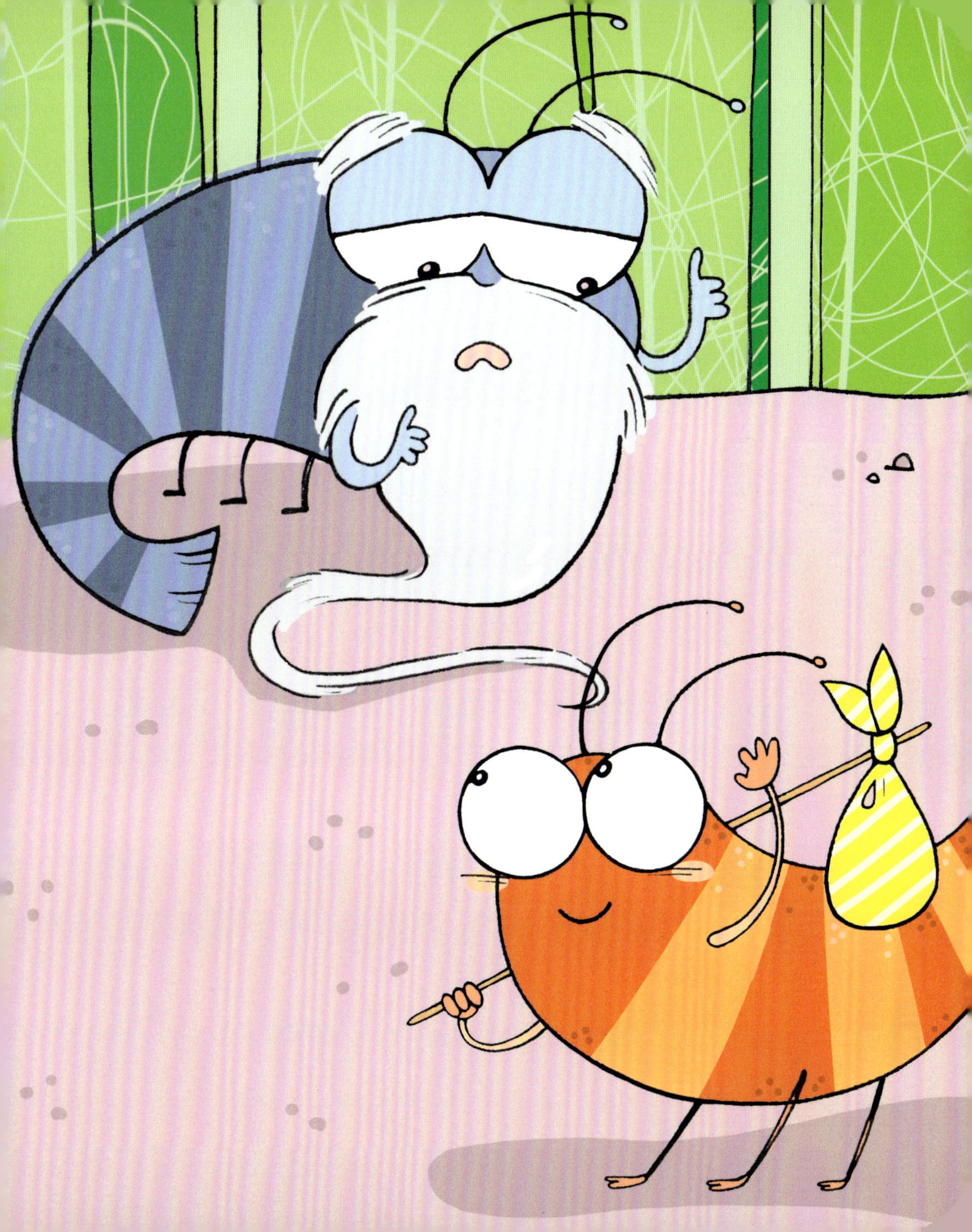

Andrà lontano? Farà fortuna? Raddrizzerà tutte le cose storte di questo mondo? Noi non lo sappiamo, perché egli sta ancora marciando con il coraggio e la decisione del primo giorno.
Possiamo solo augurargli, di tutto cuore: "Buon viaggio!"

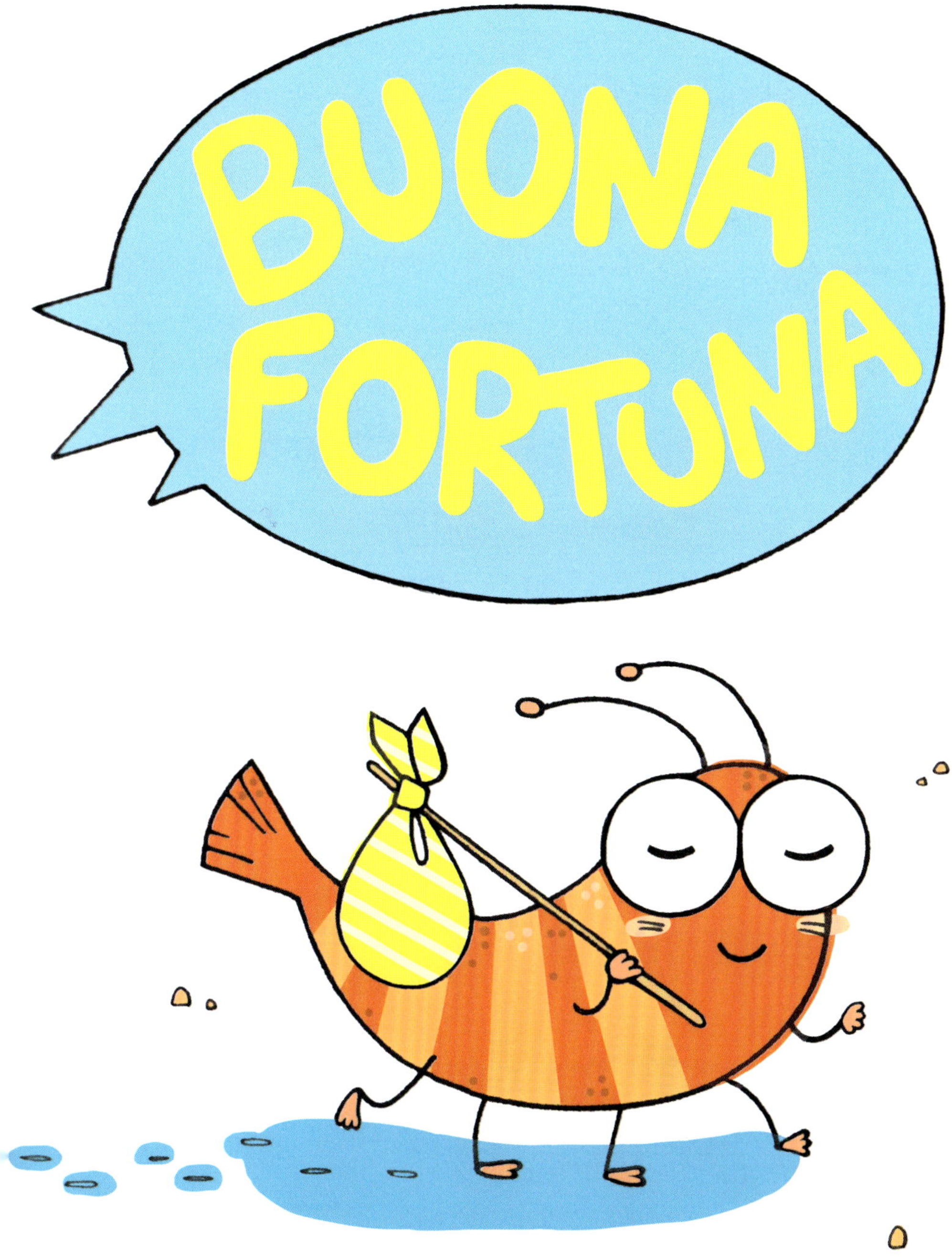
BUONA FORTUNA

Passatempi nella giungla

illustrazioni di **Laura Rigo**

Ecco come io immagino che si divertano le bestie della giungla. Non ho visto niente di quello che racconto, naturalmente, ma sono sicuro che è cosí.

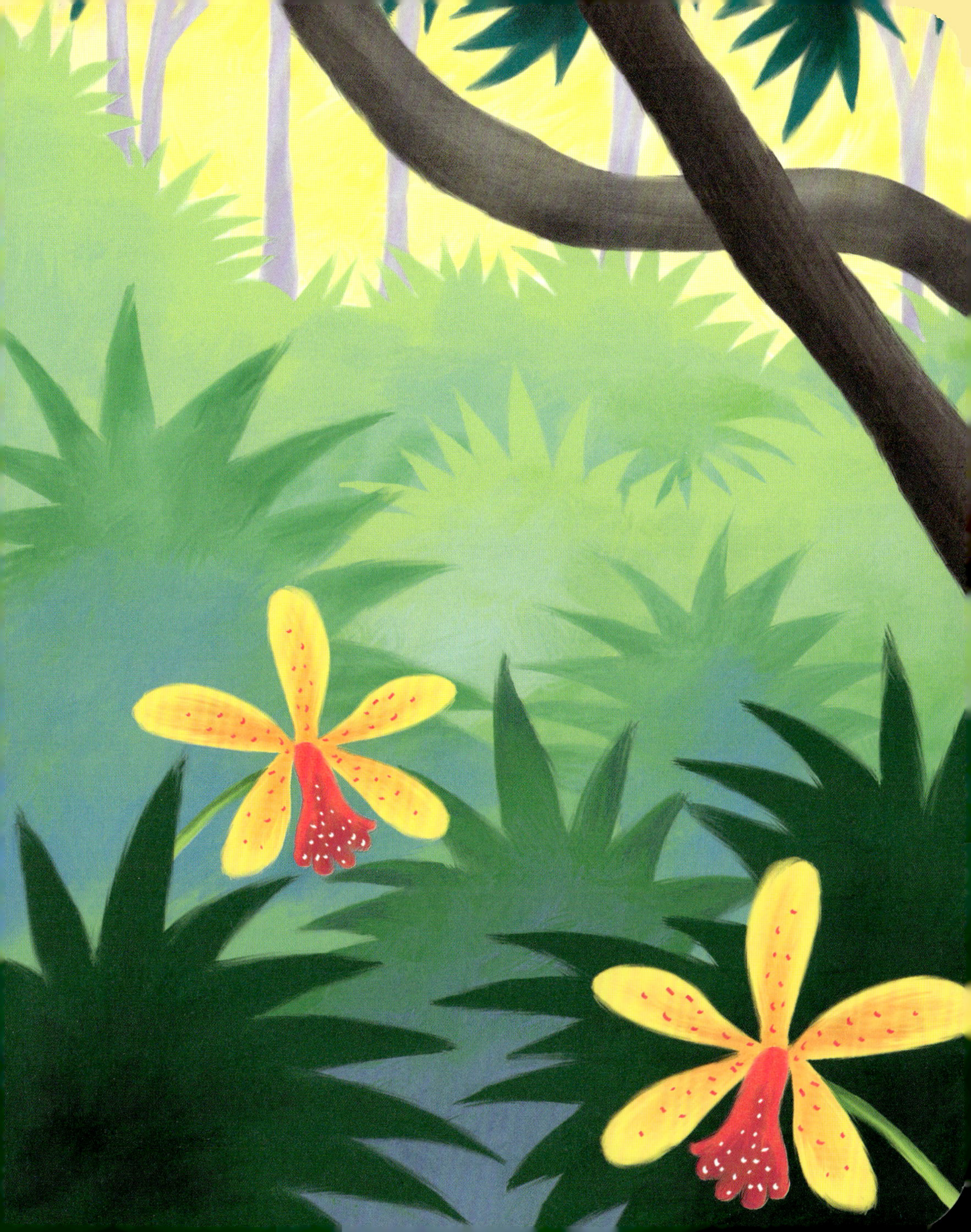

Prima di tutto le scimmie.
Esse sono veramente i monelli della giungla.
Il loro passatempo preferito è di tirare noci di cocco sulla schiena del coccodrillo, che sonnecchia tra il fango.

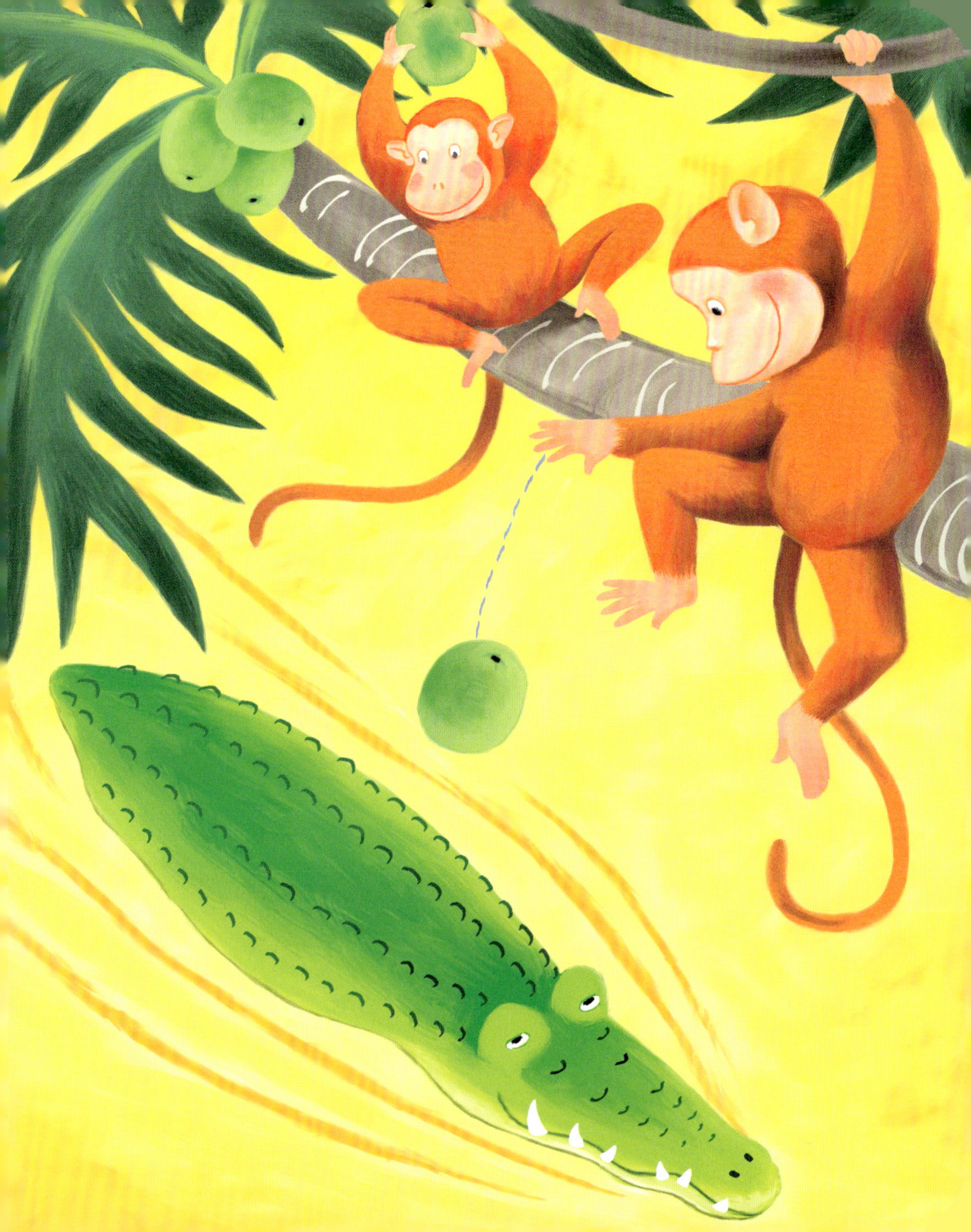

"Avanti!" dice il coccodrillo, credendo che qualcuno abbia bussato alla sua schiena per avere il permesso di entrare nel fiume.
Le scimmie ridono a crepapelle e continuano il loro tiro a segno.
"Avanti!" urla il coccodrillo.

AVANTI

Quando si accorge che sono state le scimmie, le minaccia:
"Tingerò il fiume di rosso con il vostro sangue, figlie del diavolo!"

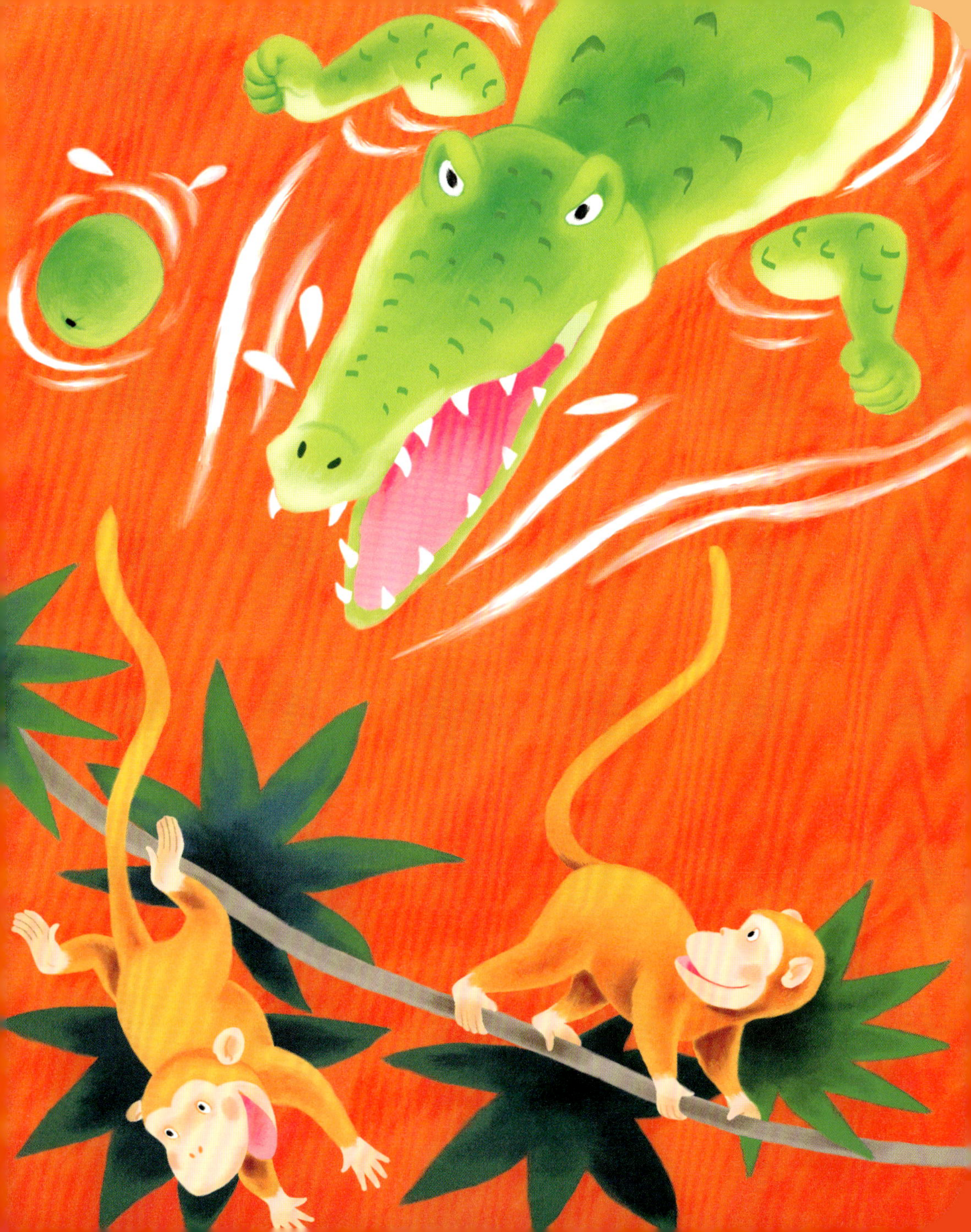

A questo punto un serpente gli tira la coda e scappa via più in fretta che può.

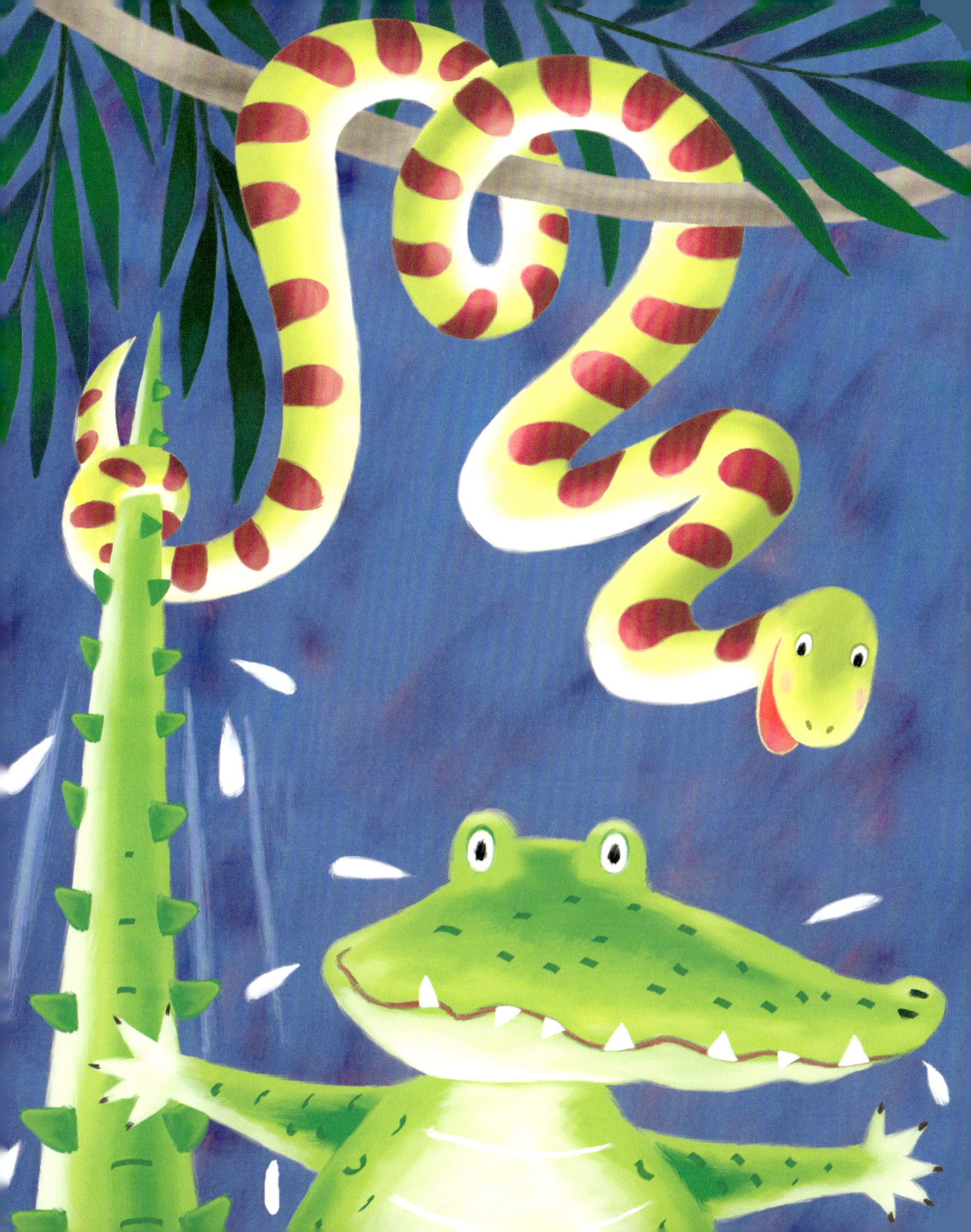

Gli elefanti sono più spiritosi e giocano alla «proboscide di ferro». Proprio come noi che giochiamo al «braccio di ferro».
Come fanno? Si mettono faccia a faccia, drizzano le proboscidi in aria e le accostano l'una all'altra.
Poi fanno forza: vince chi riesce a piegare per primo la proboscide dell'avversario.

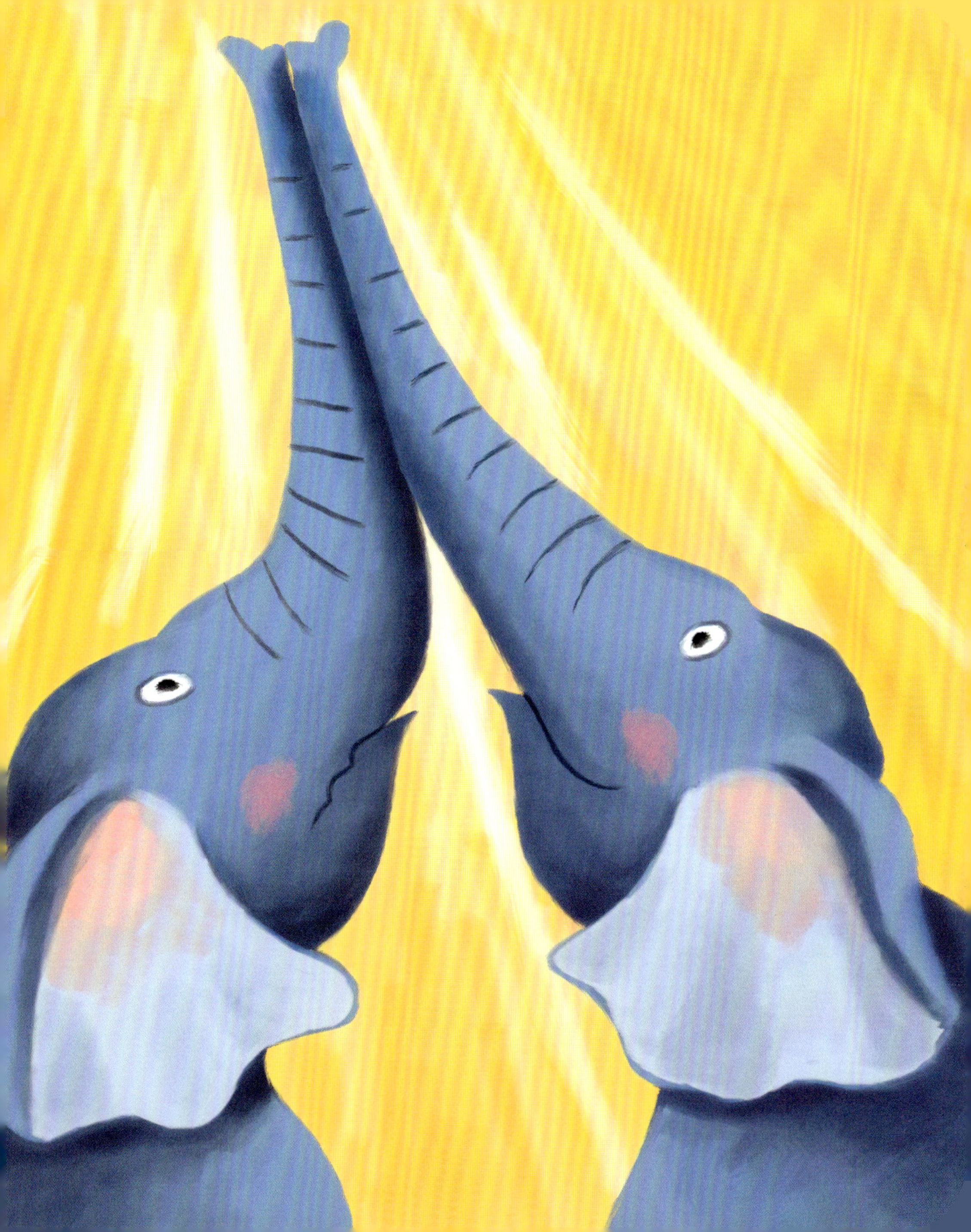

Gli elefantini giocano invece a stare in equilibrio sulla punta della proboscide e a girare su quella come una trottola.

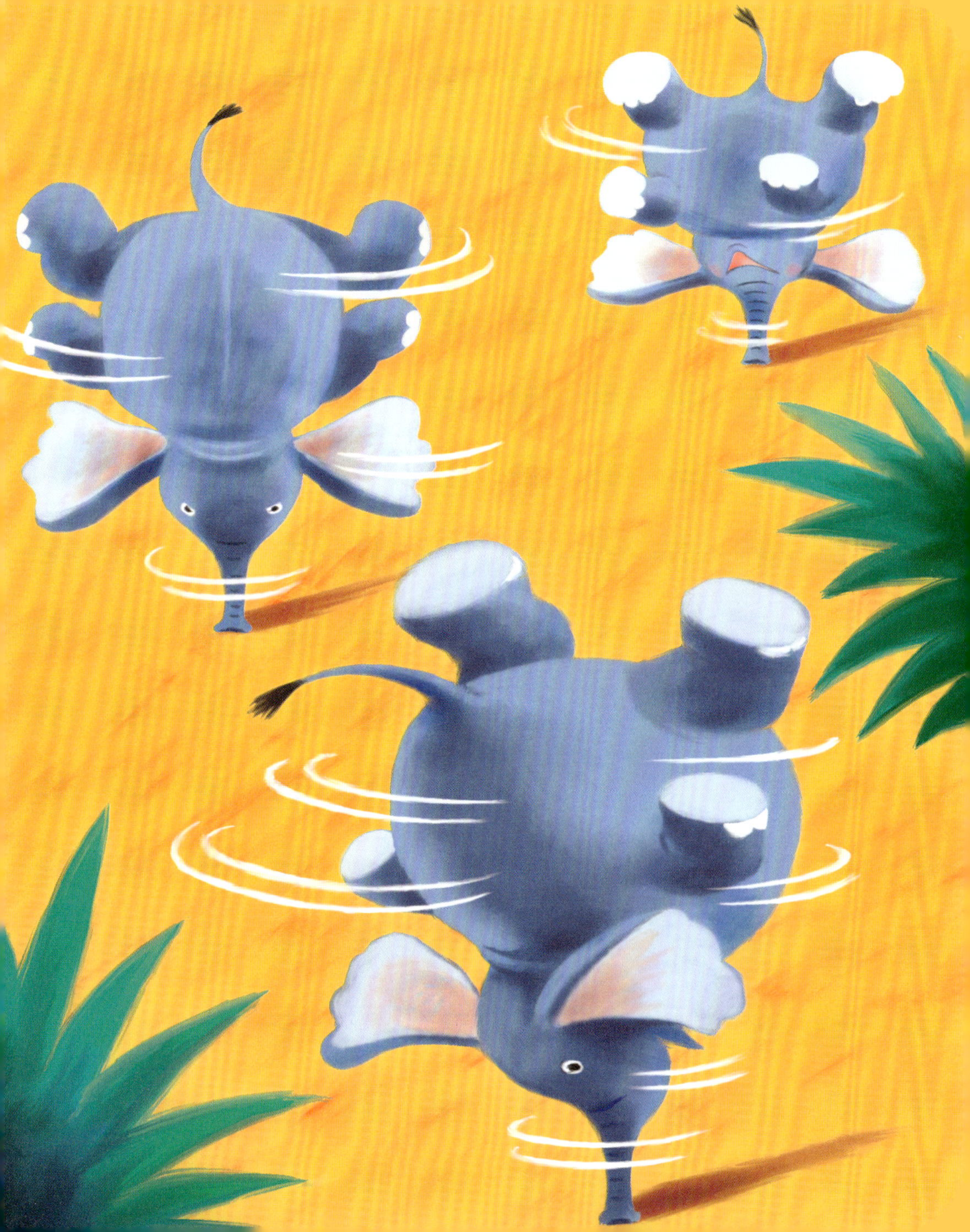

Ci sono anche nella giungla degli istituti di bellezza, dove le tigri vanno a farsi tingere le strisce sulla pelle, e a farsi impomatare i baffi e a parlar male del leone. Quando però il leone entra a farsi pettinare la criniera, stanno tutte zitte.

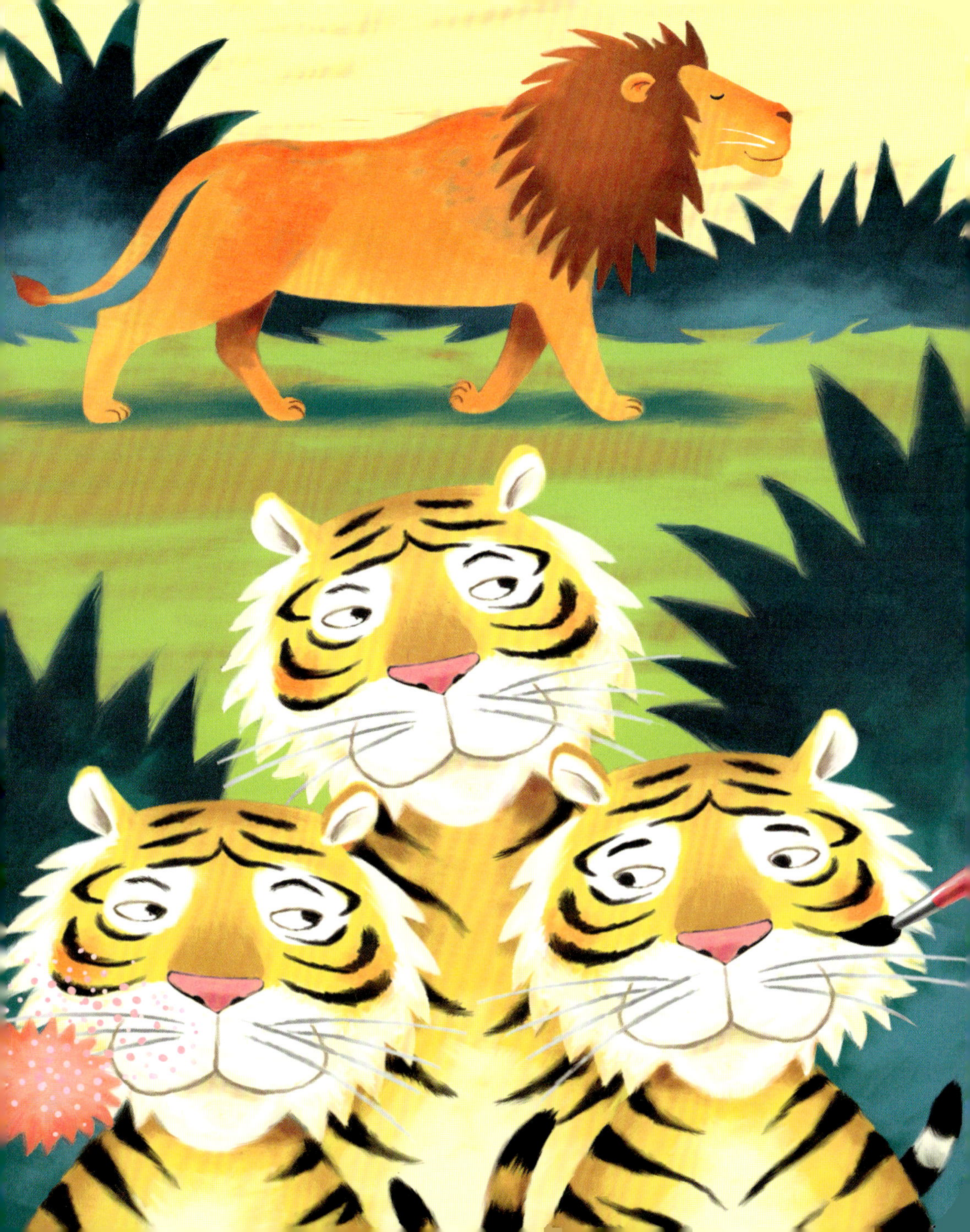

"Colonia o brillantina?" domanda il leopardo che fa da barbiere.
"Brillantina," risponde il leone.
Appena il leone è uscito, le tigri parlano tutte insieme:
"È quasi calvo e si fa mettere la brillantina! Dovrebbe portare una parrucca, poveretto."

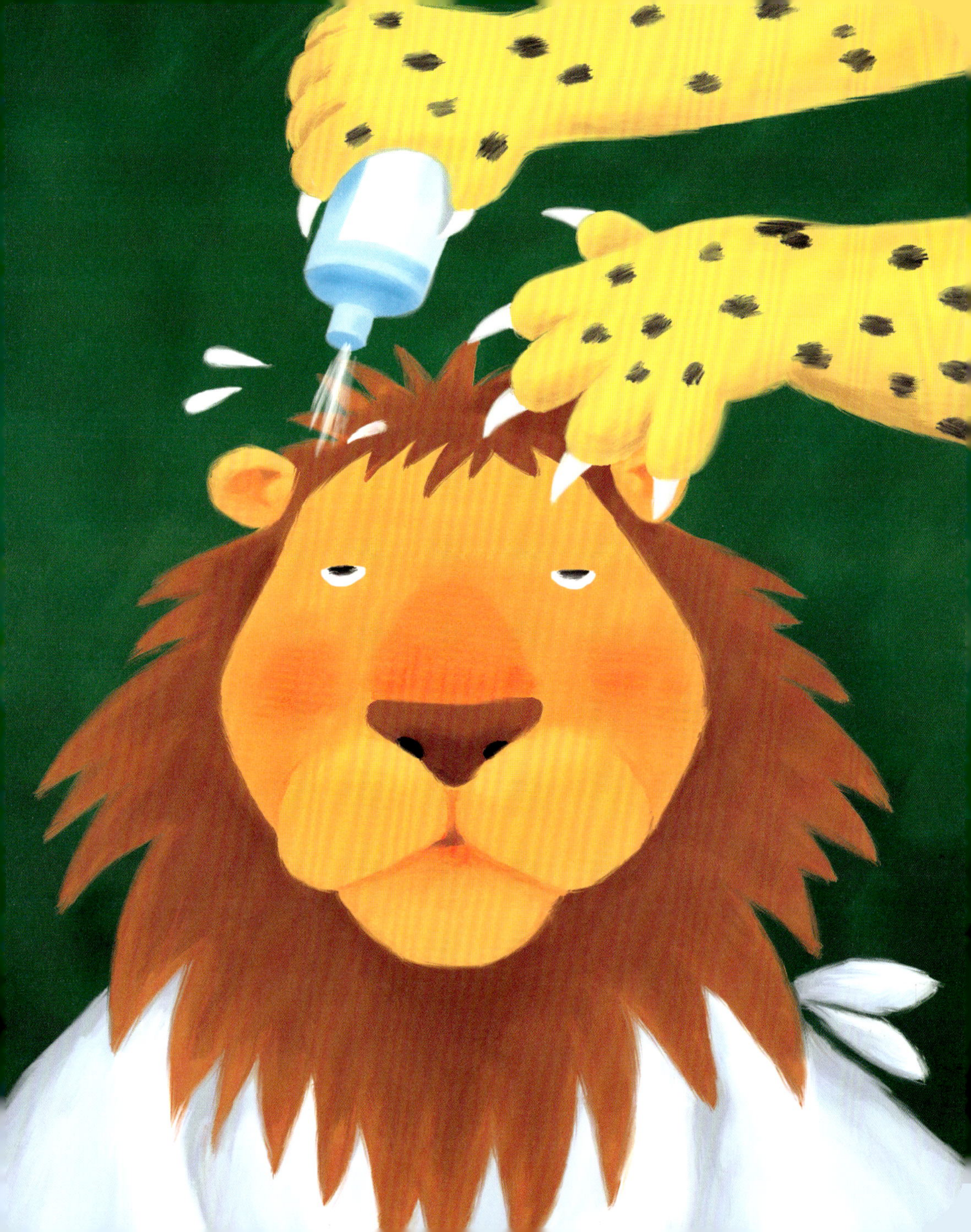

Il leone va a fare una partita a bocce con l'orso: come bocce, naturalmente, usano le solite noci di cocco.

Il leone tira troppo forte la sua noce e la manda a finire sulla schiena del coccodrillo.

Si sente: Toc.

Toc

"Avanti," dice il coccodrillo.
Il leone e l'orso si fanno delle grasse risate.
Il coccodrillo borbotta:
"Non si può mai dormire in pace."

AVANTI

L'uomo che rubava il Colosseo

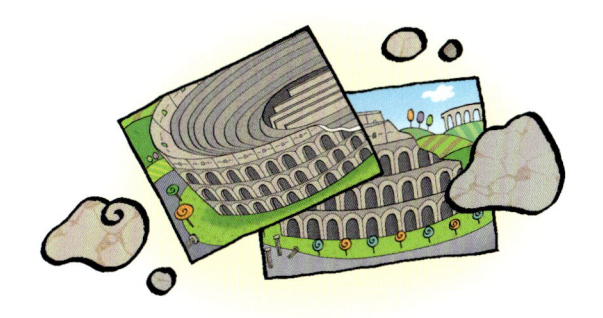

illustrazioni di **Raffaella Bolaffio**

Una volta un uomo si mise in testa di rubare il Colosseo di Roma, voleva averlo tutto per sé perché non gli piaceva doverlo dividere con gli altri. Prese una borsa, andò al Colosseo, aspettò che il custode guardasse da un'altra parte, riempí affannosamente la borsa di vecchie pietre e se le portò a casa.

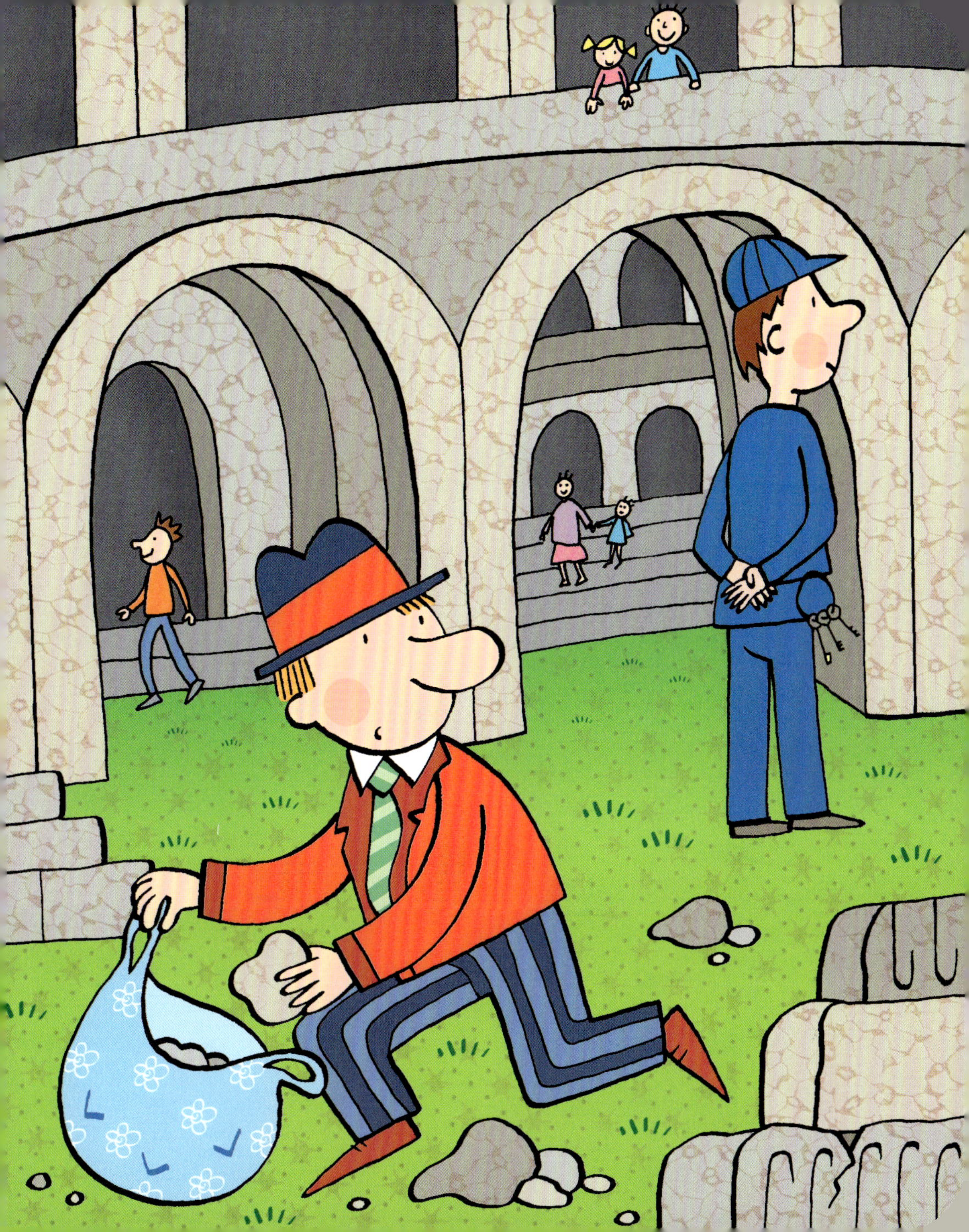

Il giorno dopo fece lo stesso, e tutte le mattine tranne la domenica faceva almeno un paio di viaggi o anche tre, stando sempre bene attento che le guardie non lo scoprissero.

La domenica riposava e contava le pietre rubate, che si andavano ammucchiando in cantina.

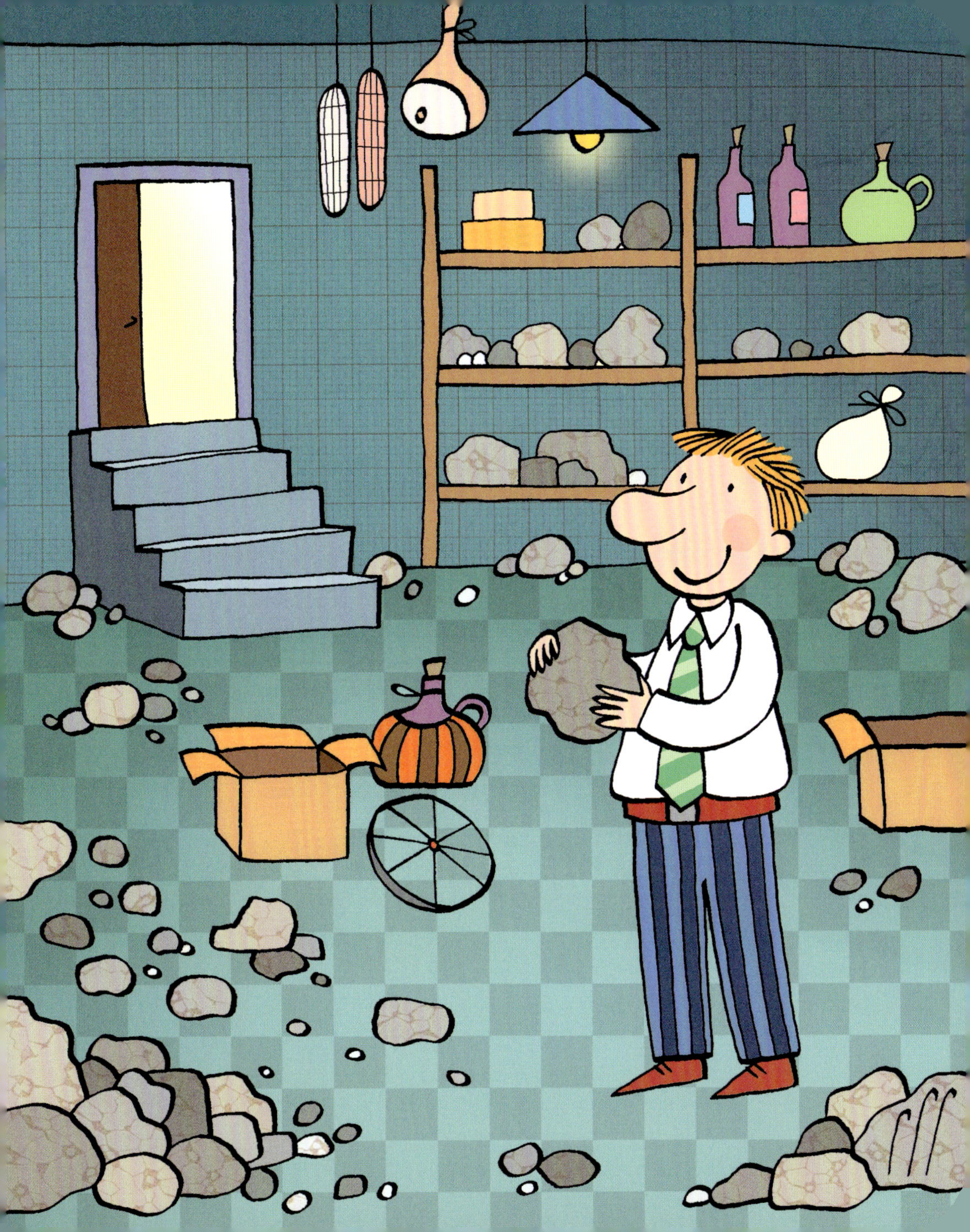

Quando la cantina fu piena cominciò a riempire il solaio, e quando il solaio fu pieno nascondeva le pietre sotto i divani, dentro gli armadi e nella cesta della biancheria sporca.

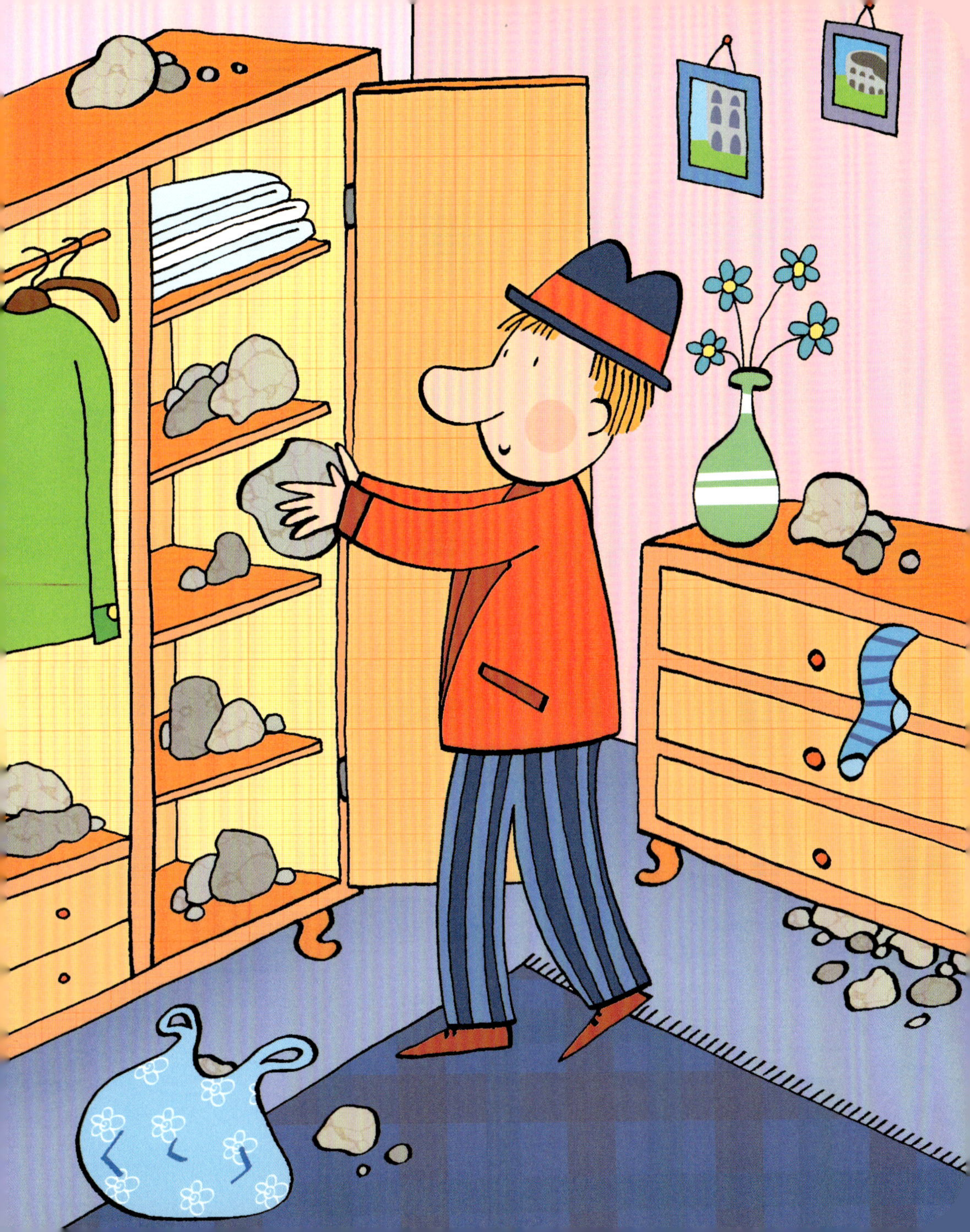

Ogni volta che tornava al Colosseo lo osservava ben bene da tutte le parti e concludeva fra sé: "Pare lo stesso, ma una certa differenza si nota. In quel punto là è già un po' più piccolo." E asciugandosi il sudore grattava un pezzo di mattone da una gradinata, staccava una pietruzza dagli archi e riempiva la borsa.

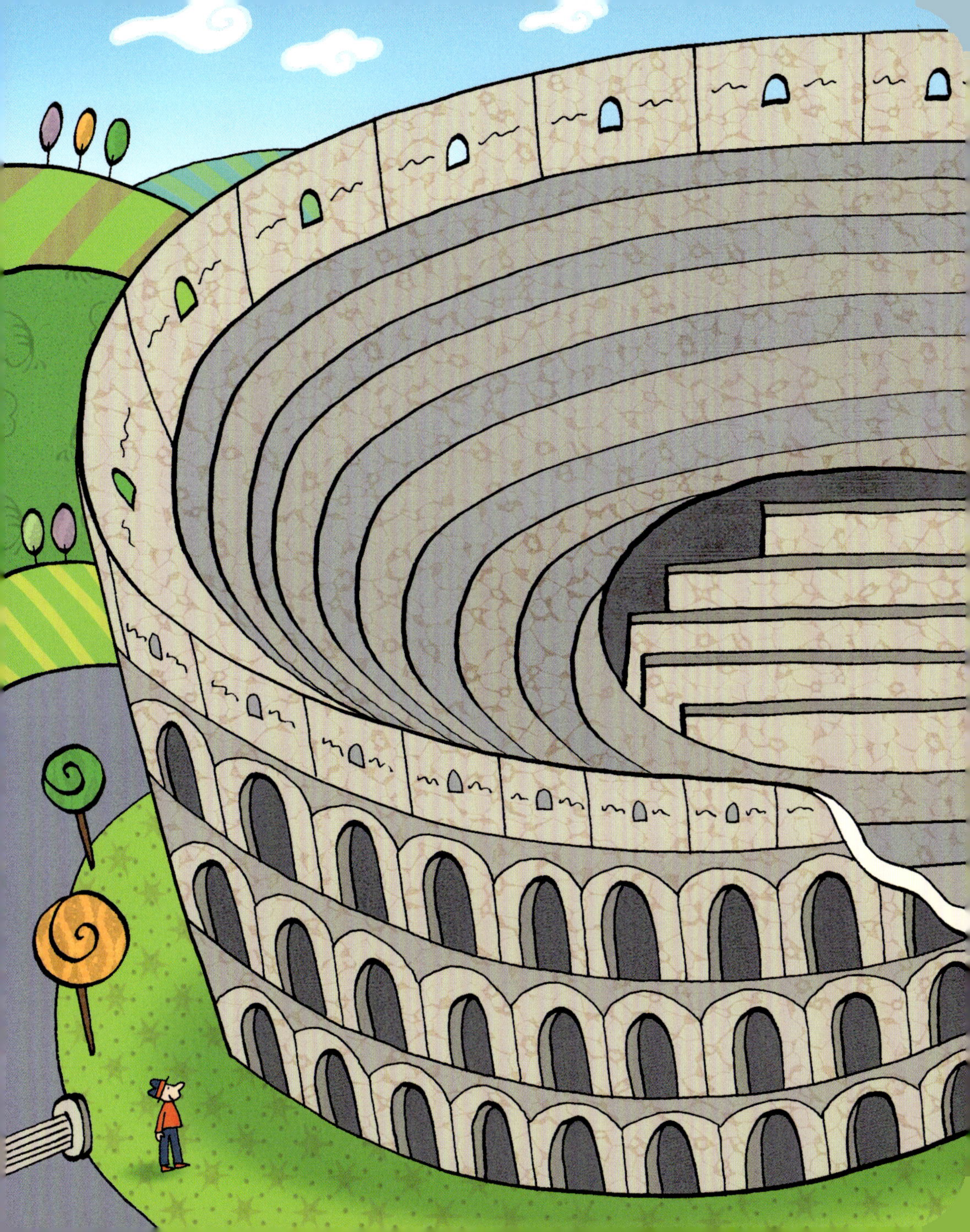

Passavano e ripassavano accanto a lui turisti in estasi, con la bocca aperta per la meraviglia, e lui ridacchiava di gusto, anche se di nascosto: "Ah, come spalancherete gli occhi il giorno che non vedrete più il Colosseo."

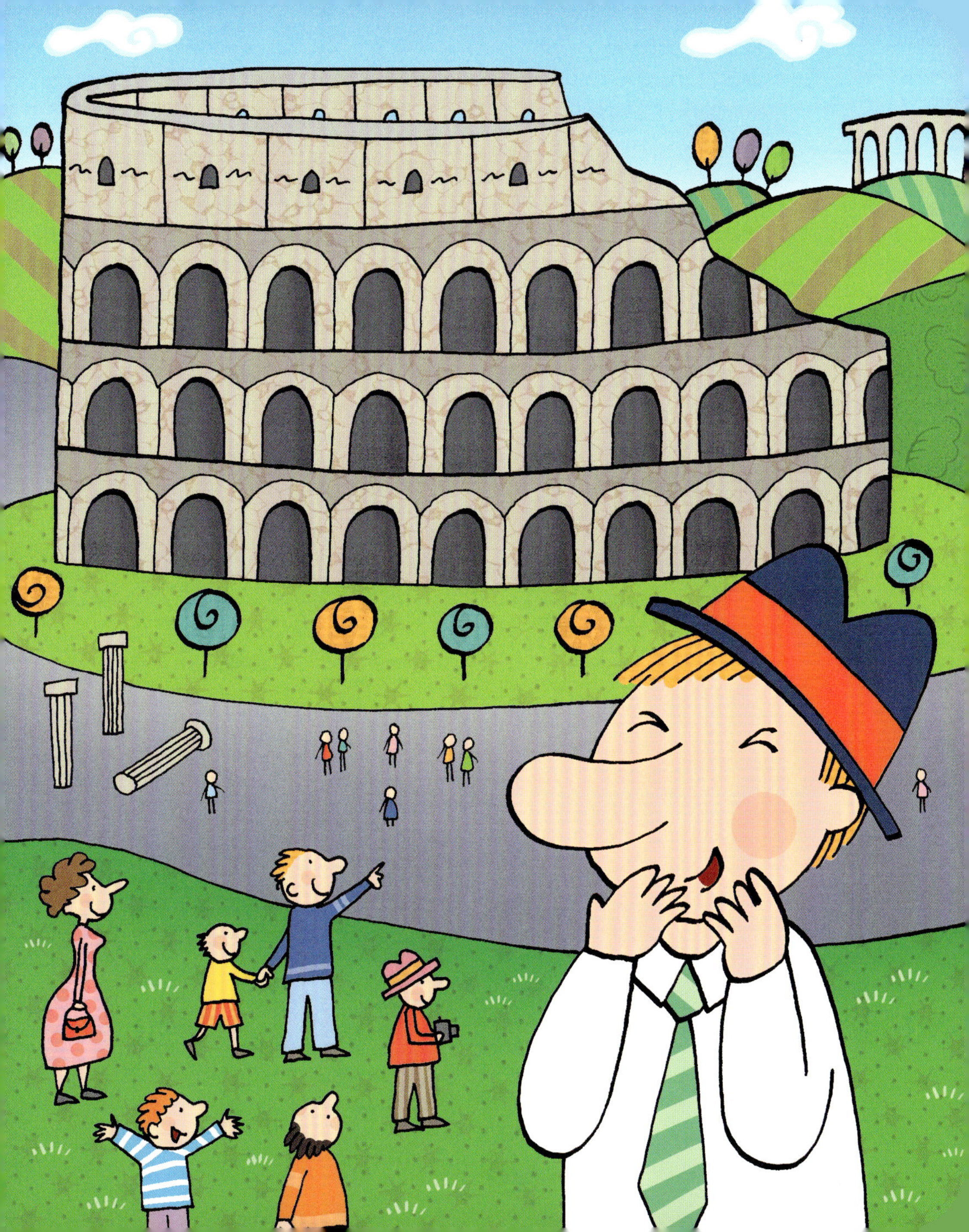

Se andava dal tabaccaio, le cartoline a colori con la veduta del grandioso anfiteatro gli mettevano allegria, doveva fingere di soffiarsi il naso nel fazzoletto per non farsi vedere a ridere:
"Ih! Ih! Le cartoline illustrate. Tra poco, se vorrete vedere il Colosseo, dovrete proprio accontentarvi delle cartoline."

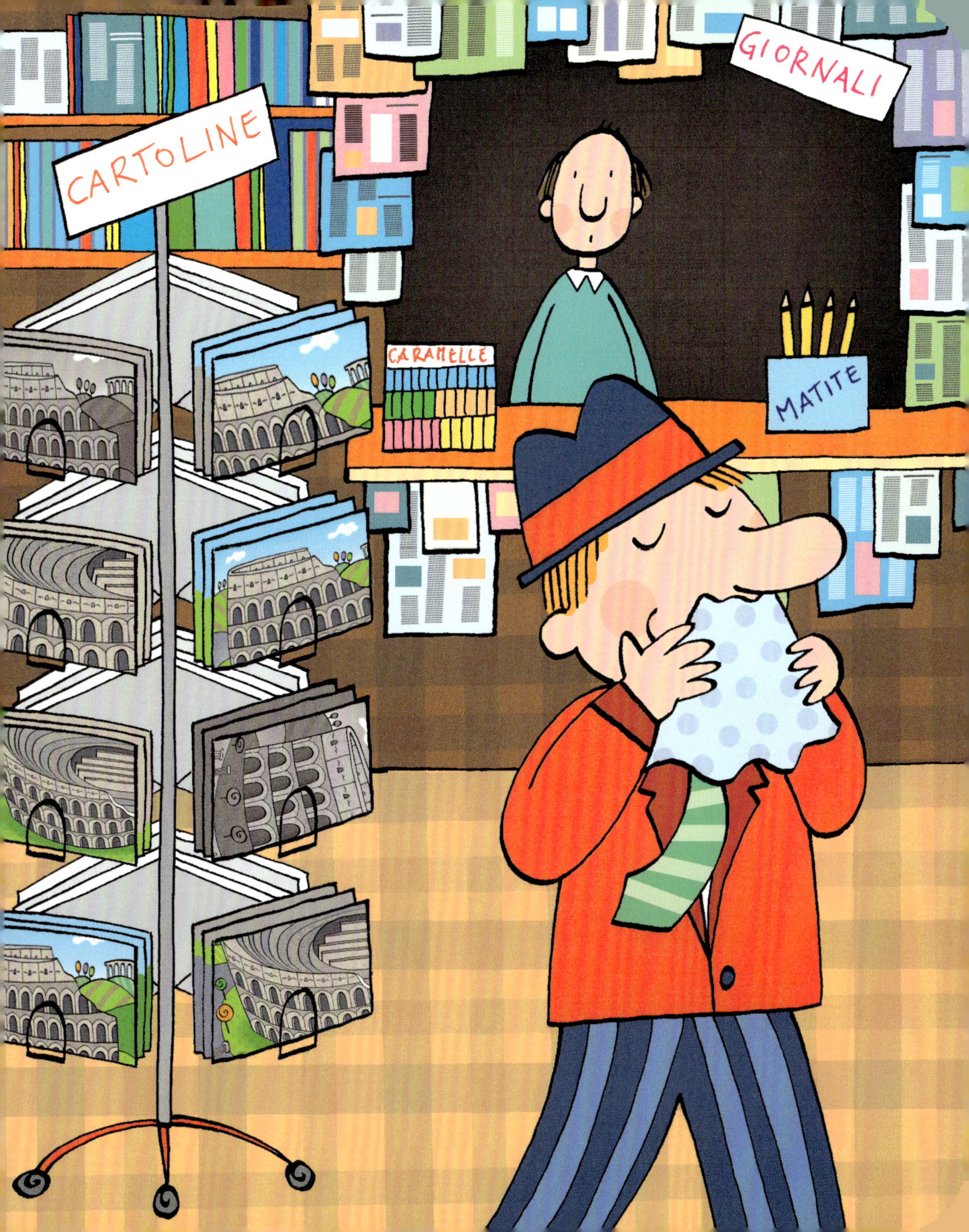
GIORNALI
CARTOLINE
CARAMELLE
MATITE

Passarono i mesi e gli anni. Le pietre rubate si ammassavano ormai sotto il letto, riempivano la cucina lasciando solo uno stretto passaggio tra il fornello a gas e il lavandino, colmavano la vasca da bagno, avevano trasformato il corridoio in una trincea.

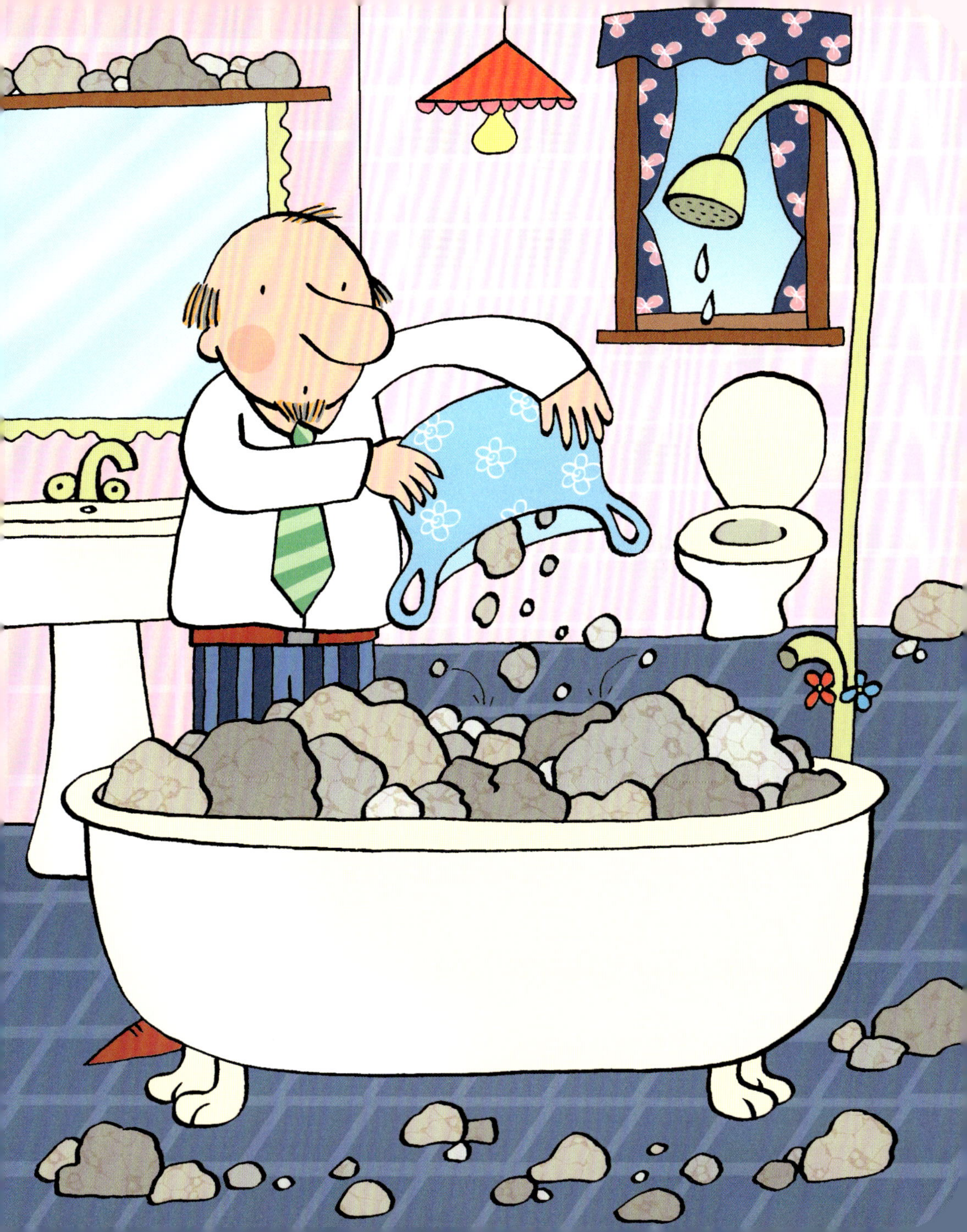

Ma il Colosseo era sempre al suo posto, non gli mancava un arco: non sarebbe stato più intero di così se una zanzara avesse lavorato a demolirlo con le sue zampette. Il povero ladro, invecchiando, fu preso dalla disperazione. Pensava: "Che io abbia sbagliato i miei calcoli? Forse avrei fatto meglio a rubare la cupola di San Pietro? Su, su, coraggio: quando si prende una decisione bisogna saper andare fino in fondo."

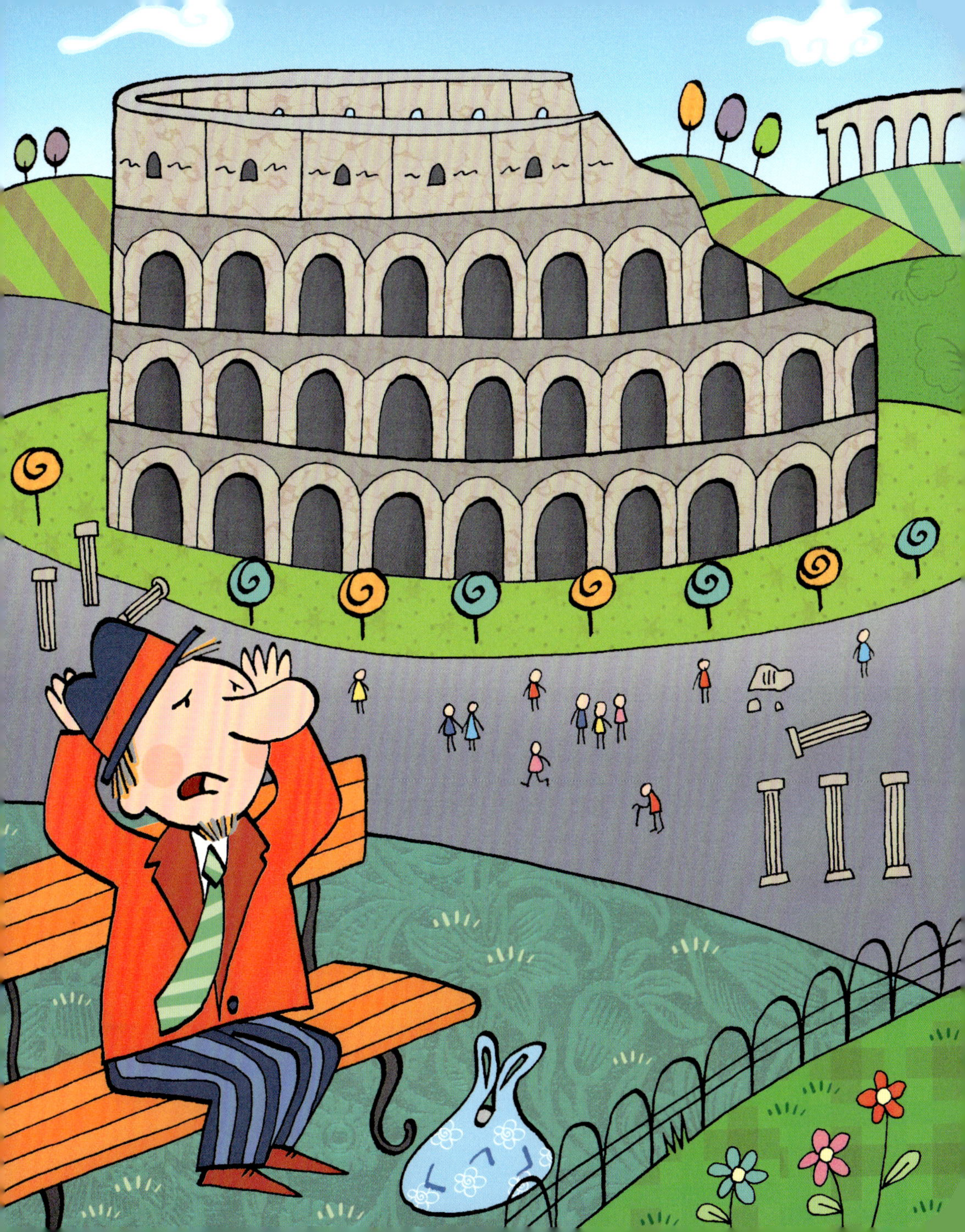

Ogni viaggio, ormai, gli costava sempre più fatica e dolore. La borsa gli rompeva le braccia e gli faceva sanguinare le mani. Quando sentí che stava per morire si trascinò un'ultima volta fino al Colosseo e si arrampicò penosamente di gradinata in gradinata fin sul più alto terrazzo.

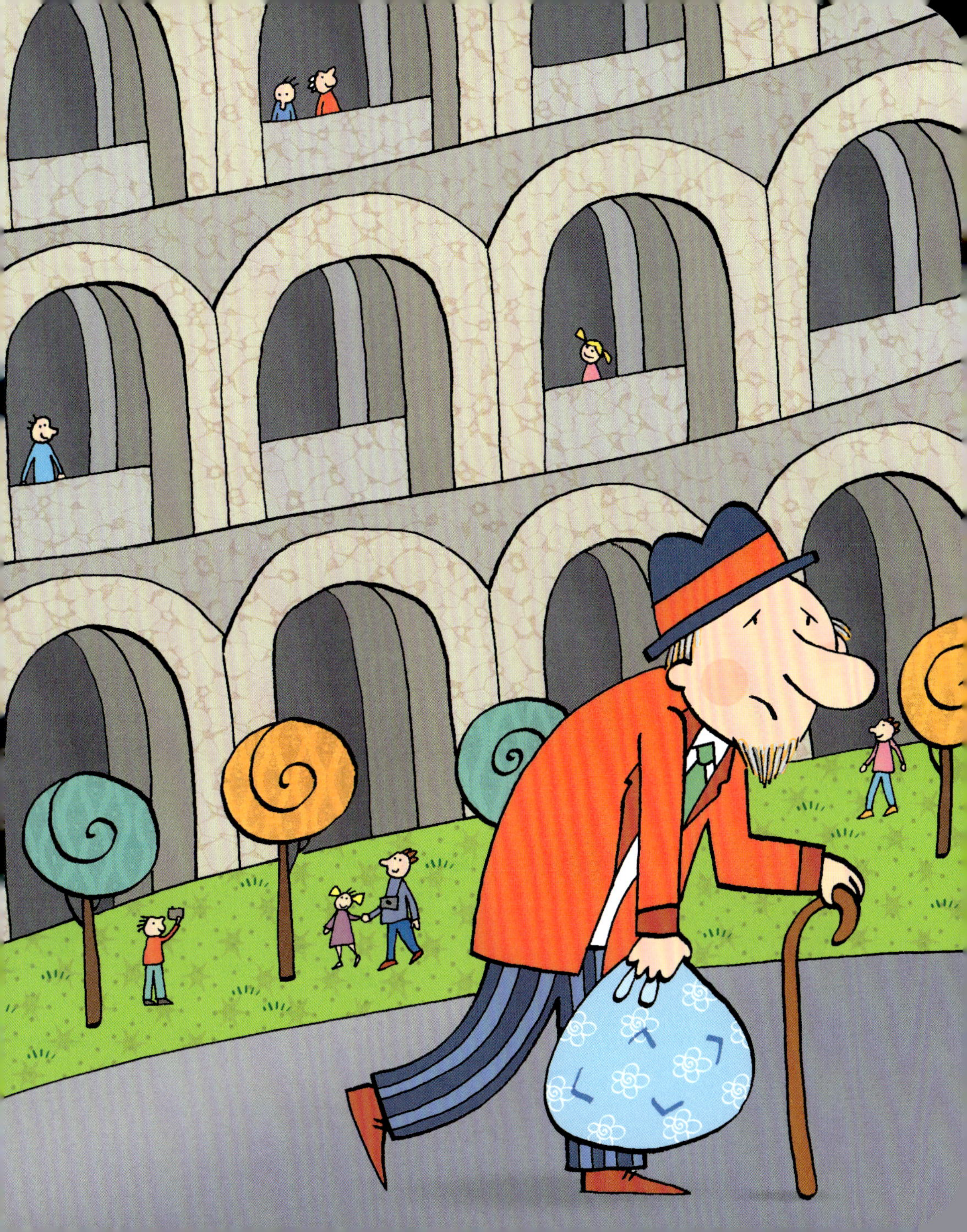

Il sole al tramonto colorava d'oro, di porpora e di viola le antiche rovine, ma il povero vecchio non poteva veder nulla, perché le lagrime e la stanchezza gli velavano gli occhi.

Aveva sperato di rimaner solo, ma già dei turisti si affollavano sul terrazzino, gridando in lingue diverse la loro meraviglia.

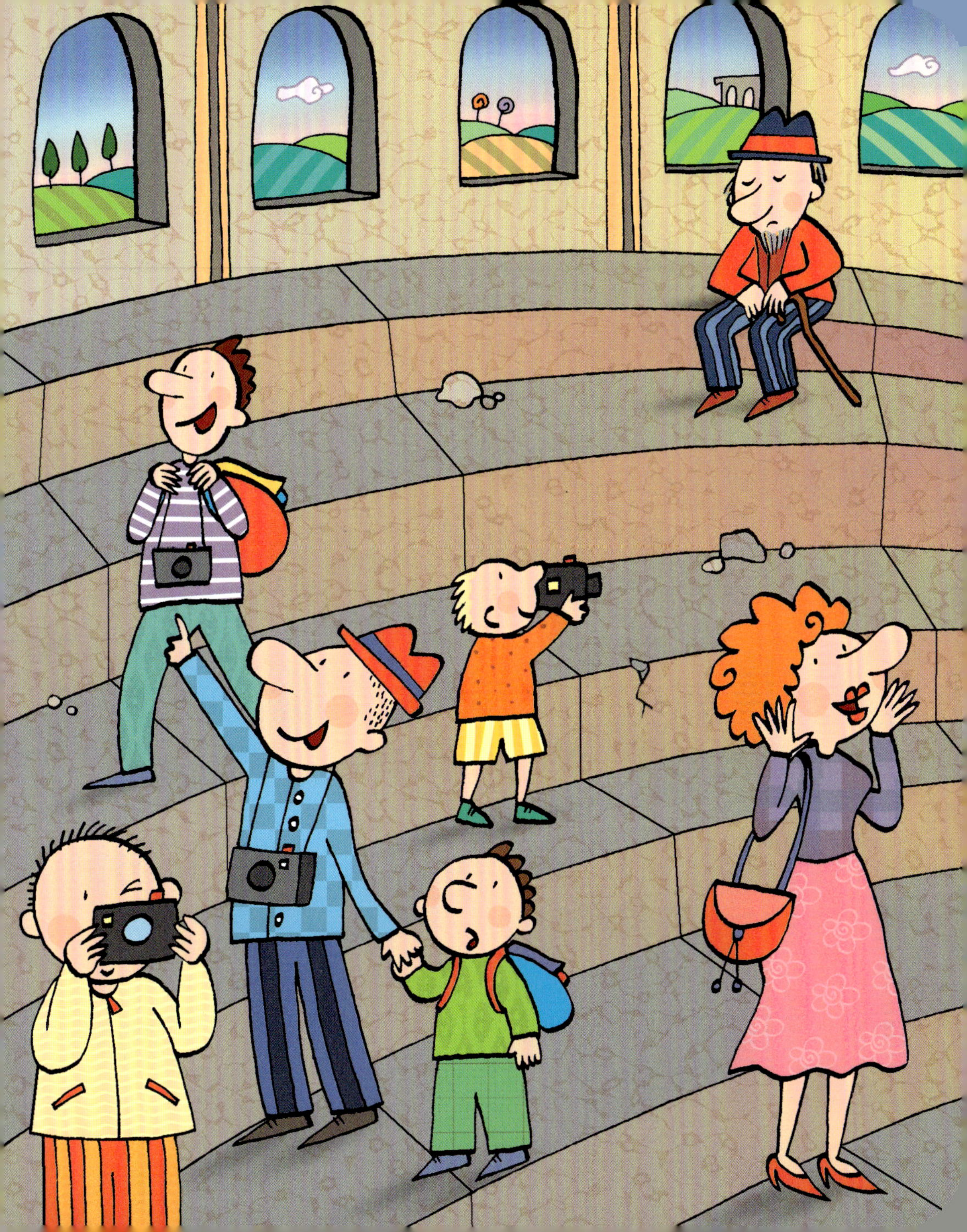

Ed ecco, tra tante voci, il vecchio ladro distinse quella argentina di un bimbo che gridava: "Mio! Mio!"
Come stonava, com'era brutta quella parola lassù, davanti a tanta bellezza.
Il vecchio, adesso, lo capiva, e avrebbe voluto dirlo al bambino, avrebbe voluto insegnargli a dire "nostro", invece che "mio", ma gli mancarono le forze.

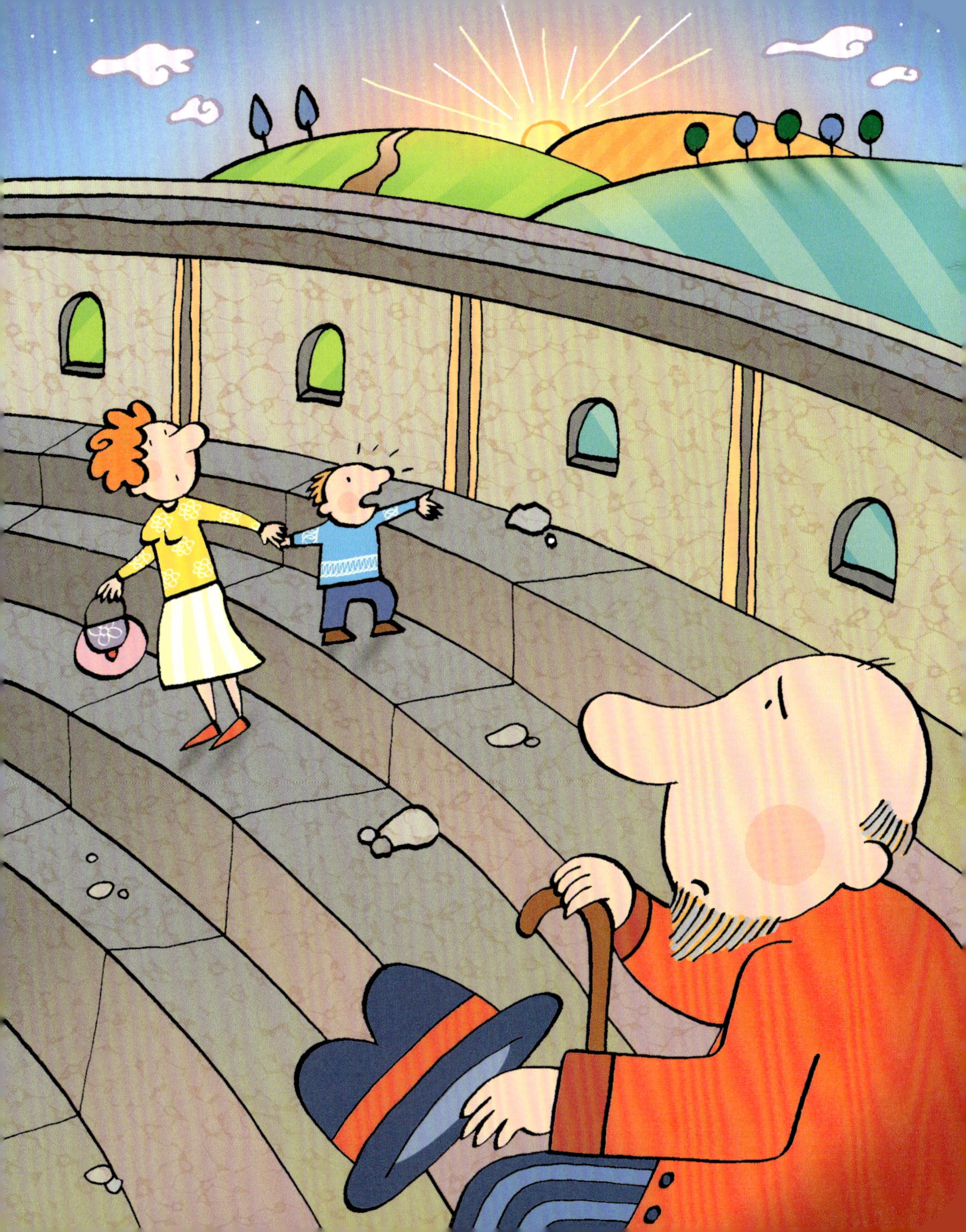

L'Acca in fuga

illustrazioni di **Nicola Buiat**

C'era una volta un'Acca.

Era una povera Acca da poco: valeva un'acca, e lo sapeva. Perciò non montava in superbia, restava al suo posto e sopportava con pazienza le beffe delle sue compagne. Esse le dicevano:

"E cosí, saresti anche tu una lettera dell'alfabeto? Con quella faccia?"

"Lo sai o non lo sai che nessuno ti pronuncia?"

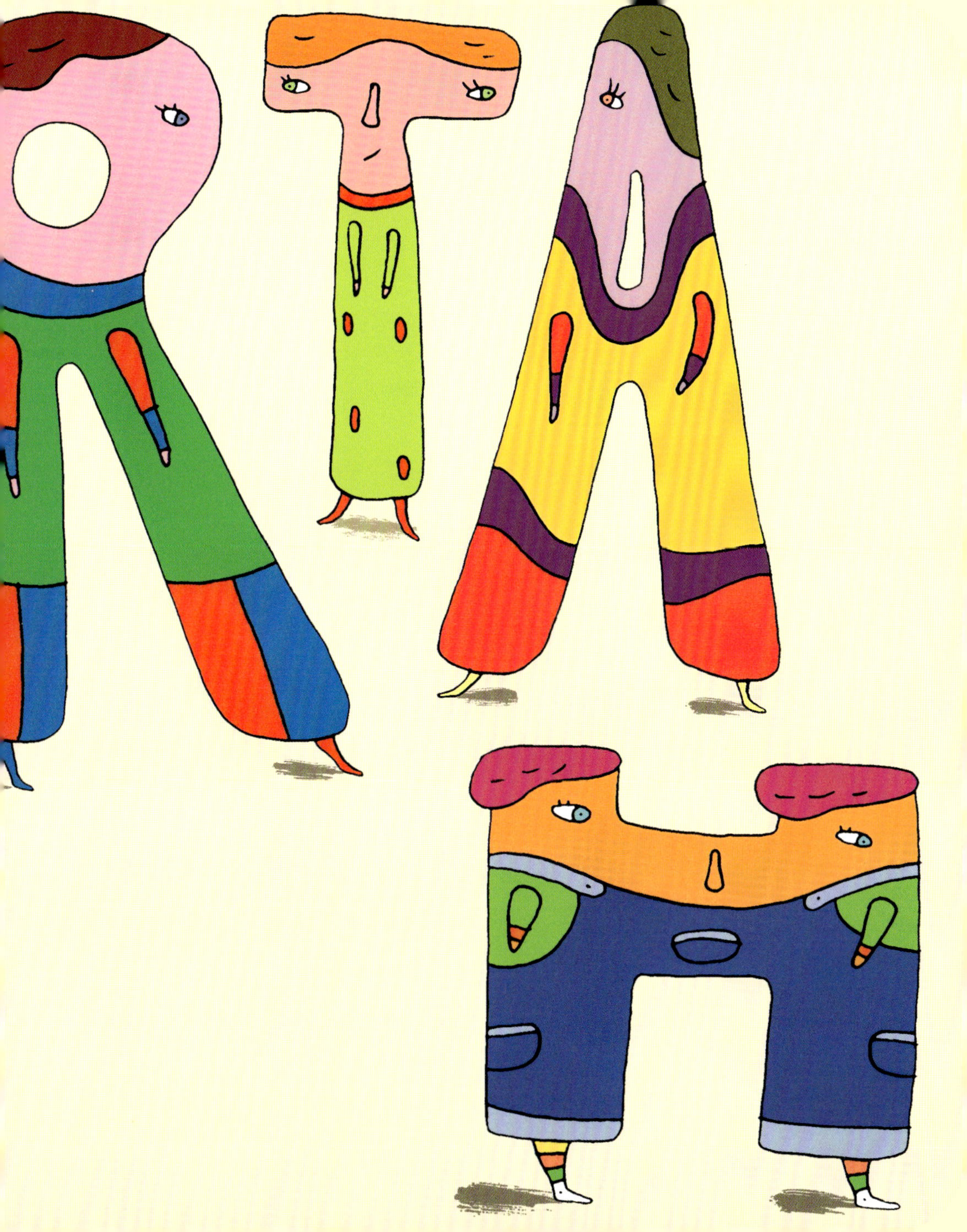

Lo sapeva, lo sapeva. Ma sapeva anche che all'estero ci sono paesi, e lingue, in cui l'acca ci fa la sua figura.

"Voglio andare in Germania," pensava l'Acca, quand'era più triste del solito. "Mi hanno detto che lassù le Acca sono importantissime."

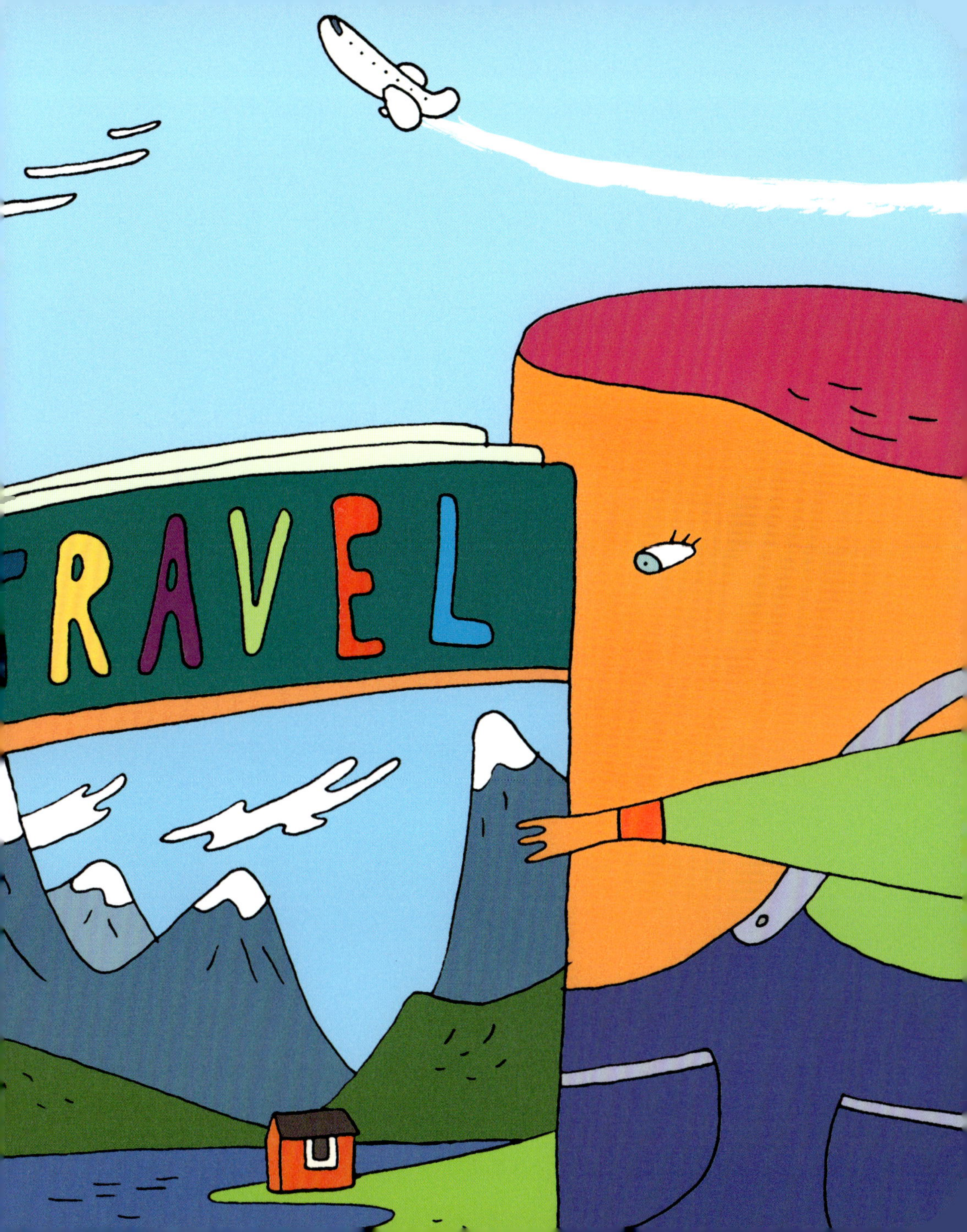
RAVEL

Un giorno la fecero proprio arrabbiare. E lei, senza dire né uno né due, mise le sue poche robe in un fagotto e si mise in viaggio con l'autostop.
Apriti cielo! Quel che successe da un momento all'altro, a causa di quella fuga, non si può nemmeno descrivere.

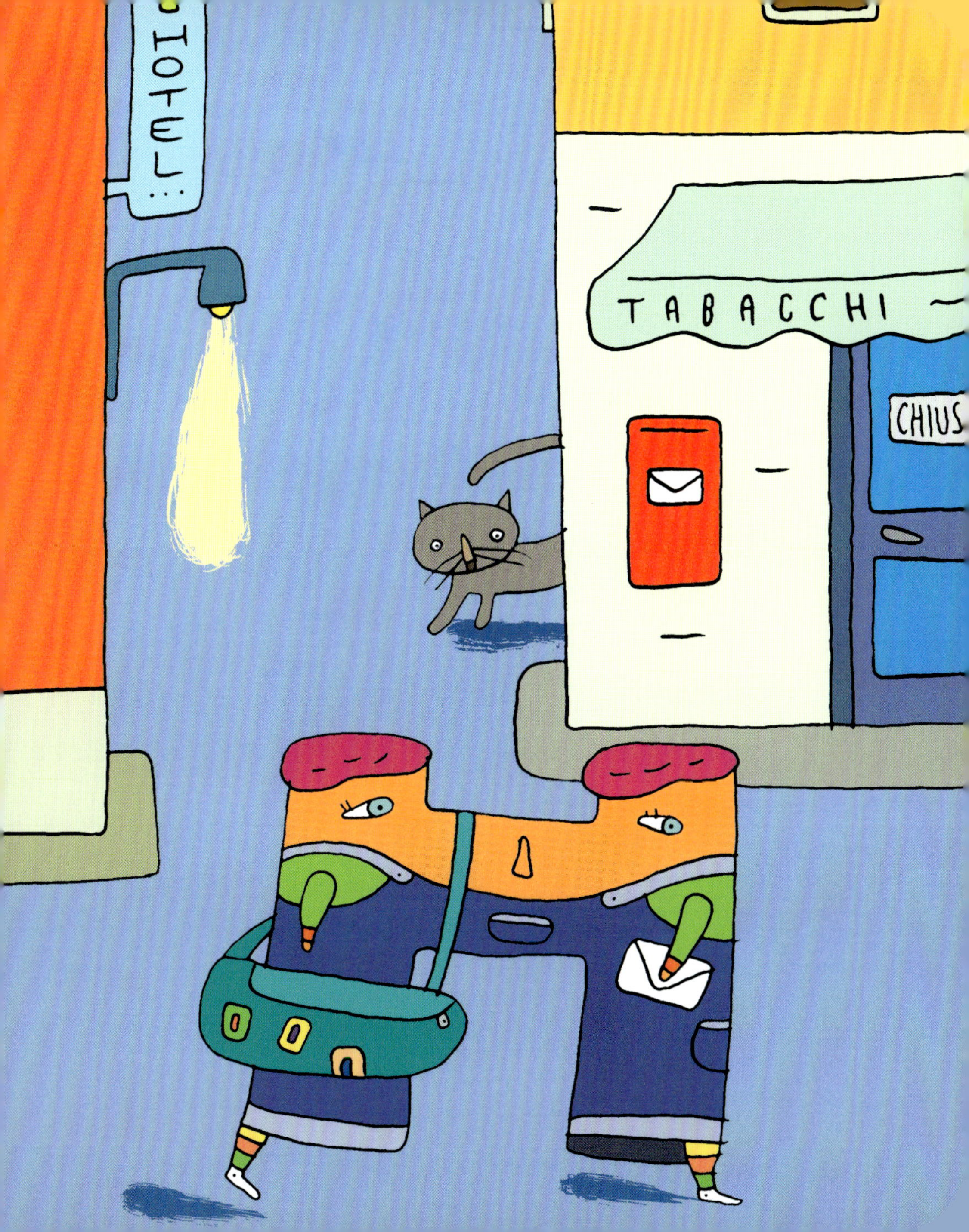
HOTEL
TABACCHI
CHIUS

Le chiese, rimaste senz'acca, crollarono come sotto i bombardamenti.
I chioschi, diventati di colpo troppo leggeri, volarono per aria seminando giornali, birre, aranciate e granatine in ghiaccio un po' dappertutto.
In compenso, dal cielo caddero giú i cherubini: levargli l'acca, era stato come levargli le ali.

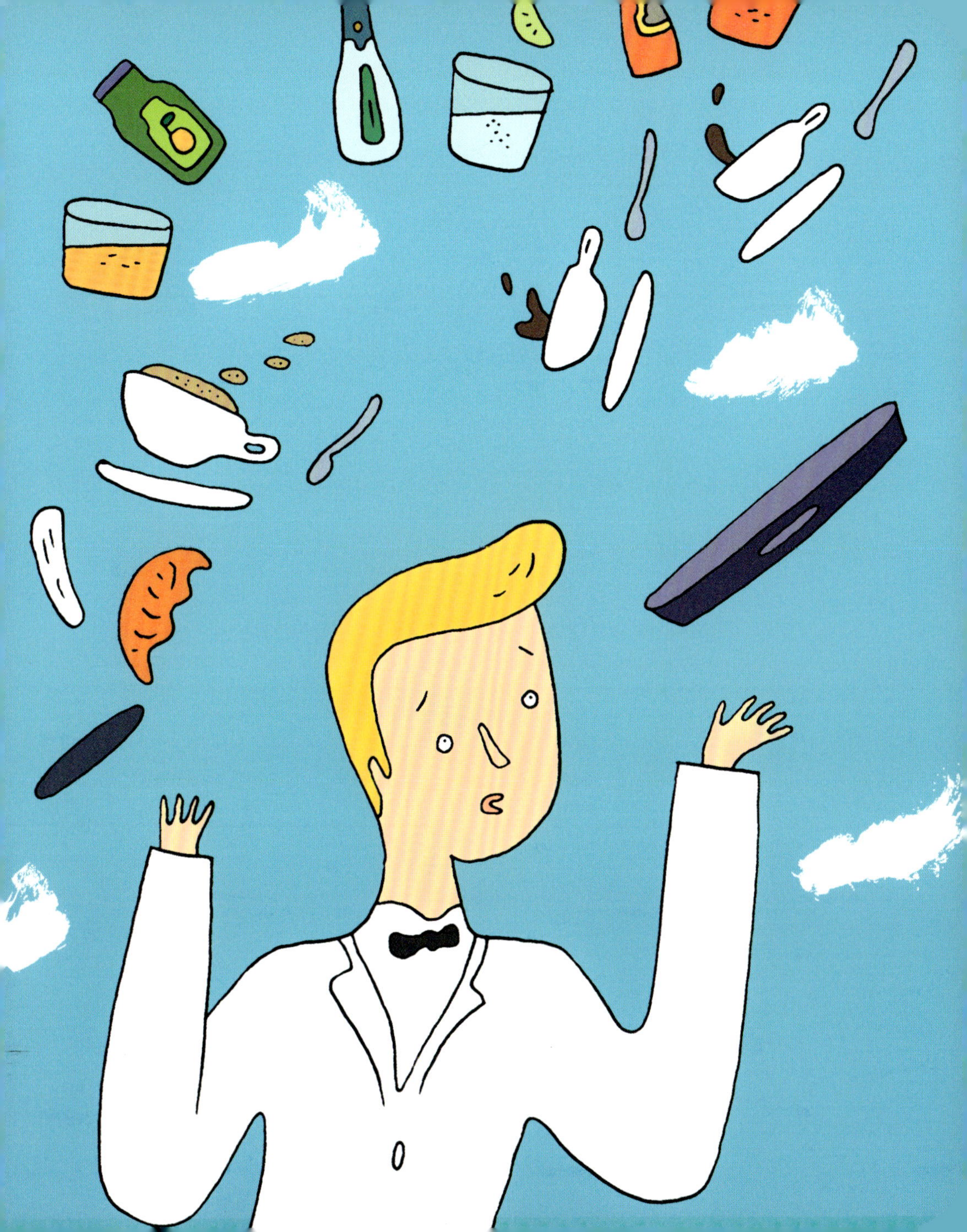

Le chiavi non aprivano più, e chi era rimasto fuori casa dovette rassegnarsi a dormire all'aperto.
Le chitarre perdettero tutte le corde e suonavano meno delle casseruole. Non vi dico il Chianti, senz'acca, che sapore disgustoso. Del resto era impossibile berlo, perché i bicchieri, diventati "biccieri", schiattavano in mille pezzi.

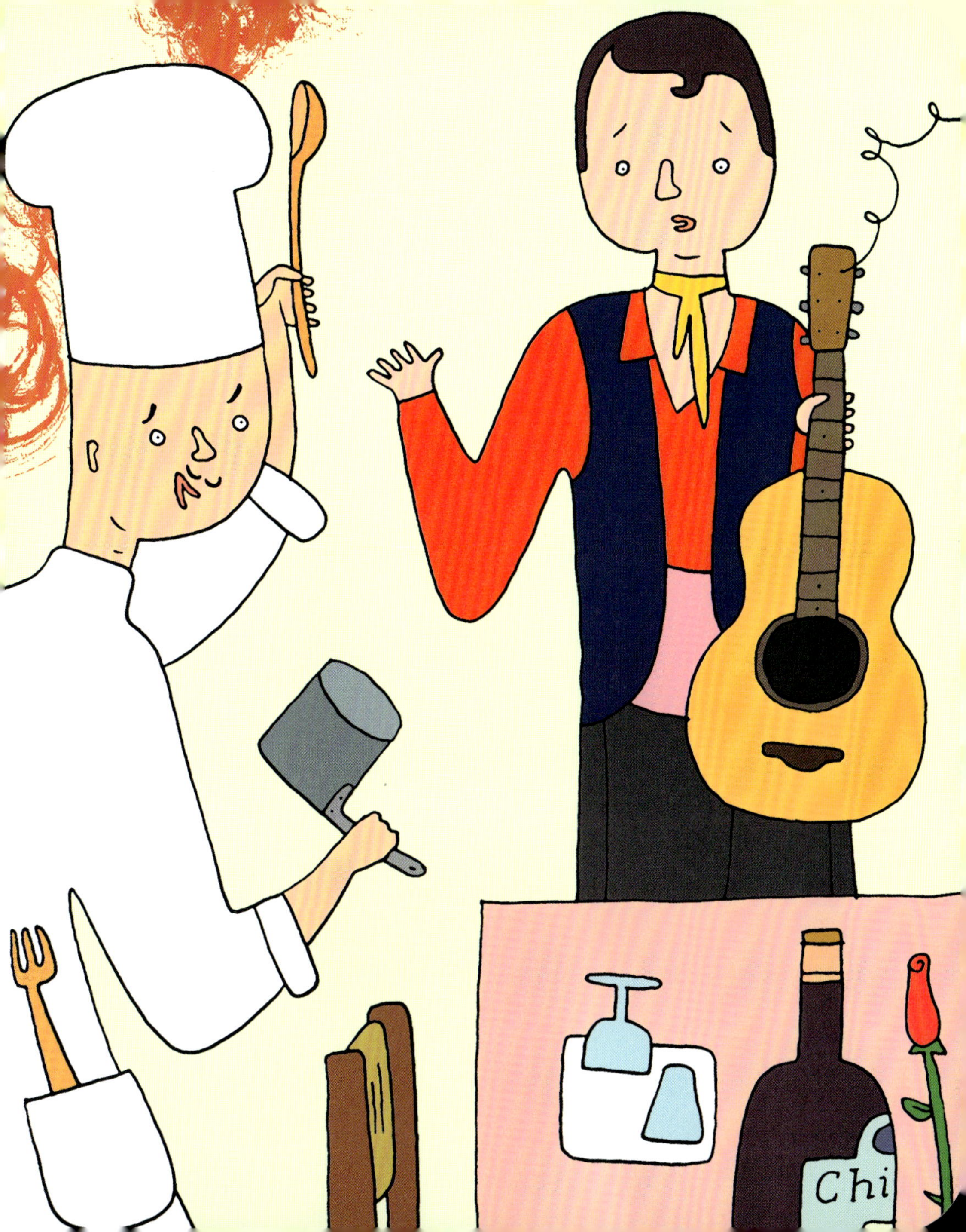
Chi

Mio zio stava piantando un chiodo nel muro, quando le Acca sparirono: il "ciodo" si squagliò sotto il martello peggio che se fosse stato di burro.
La mattina dopo, dalle Alpi al Mar Jonio, non un solo gallo riuscí a fare chicchirichí: facevano tutti cicciricí, e pareva che starnutissero.
Si temette un'epidemia.

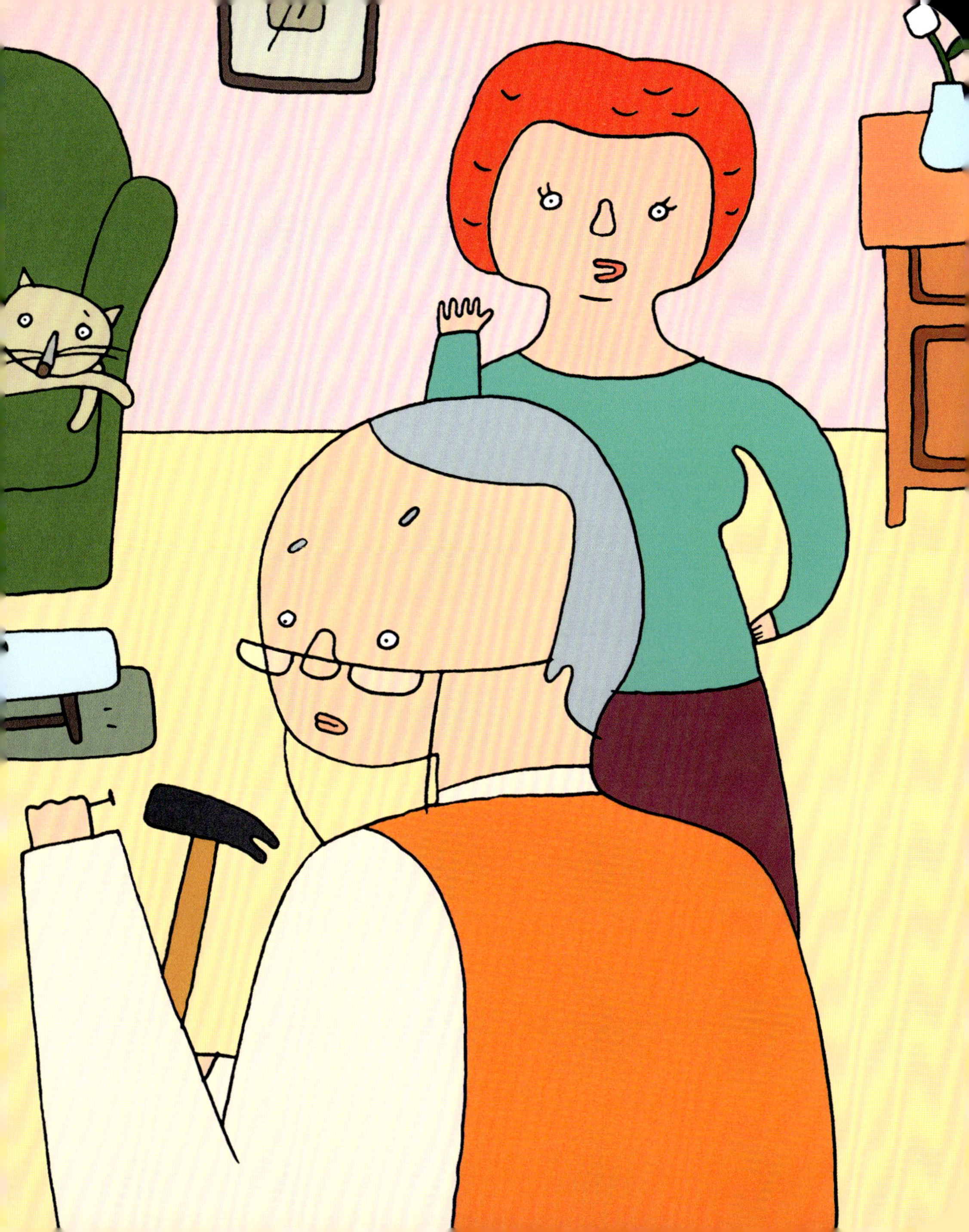

Cominciò una gran caccia all'uomo, anzi scusate, all'Acca. I posti di frontiera furono avvertiti di raddoppiare la vigilanza. L'Acca fu scoperta nelle vicinanze del Brennero, mentre tentava di entrare clandestinamente in Austria, perché non aveva passaporto.

ALT !

Ma dovettero pregarla in ginocchio: "Resti con noi, non ci faccia questo torto! Senza di lei, non riusciremmo a pronunciare bene nemmeno il nome di Dante Alighieri."

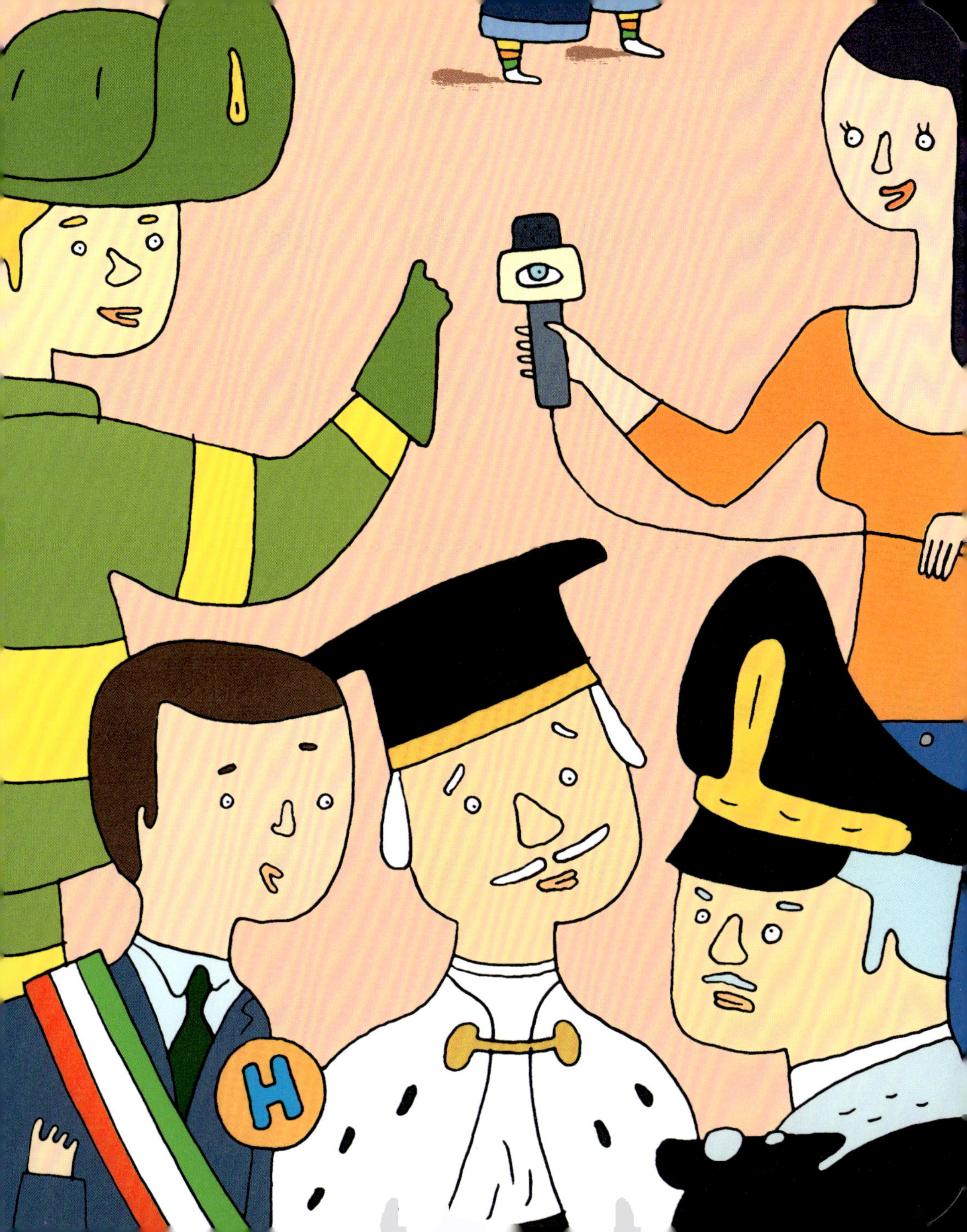
H

"Guardi, qui c'è una petizione degli abitanti di Chiavari, che le offrono una villa al mare. E questa è una lettera del capo-stazione di Chiusi-Chianciano, che senza di lei diventerebbe il capo-stazione di Ciusi-Cianciano: sarebbe una degradazione."

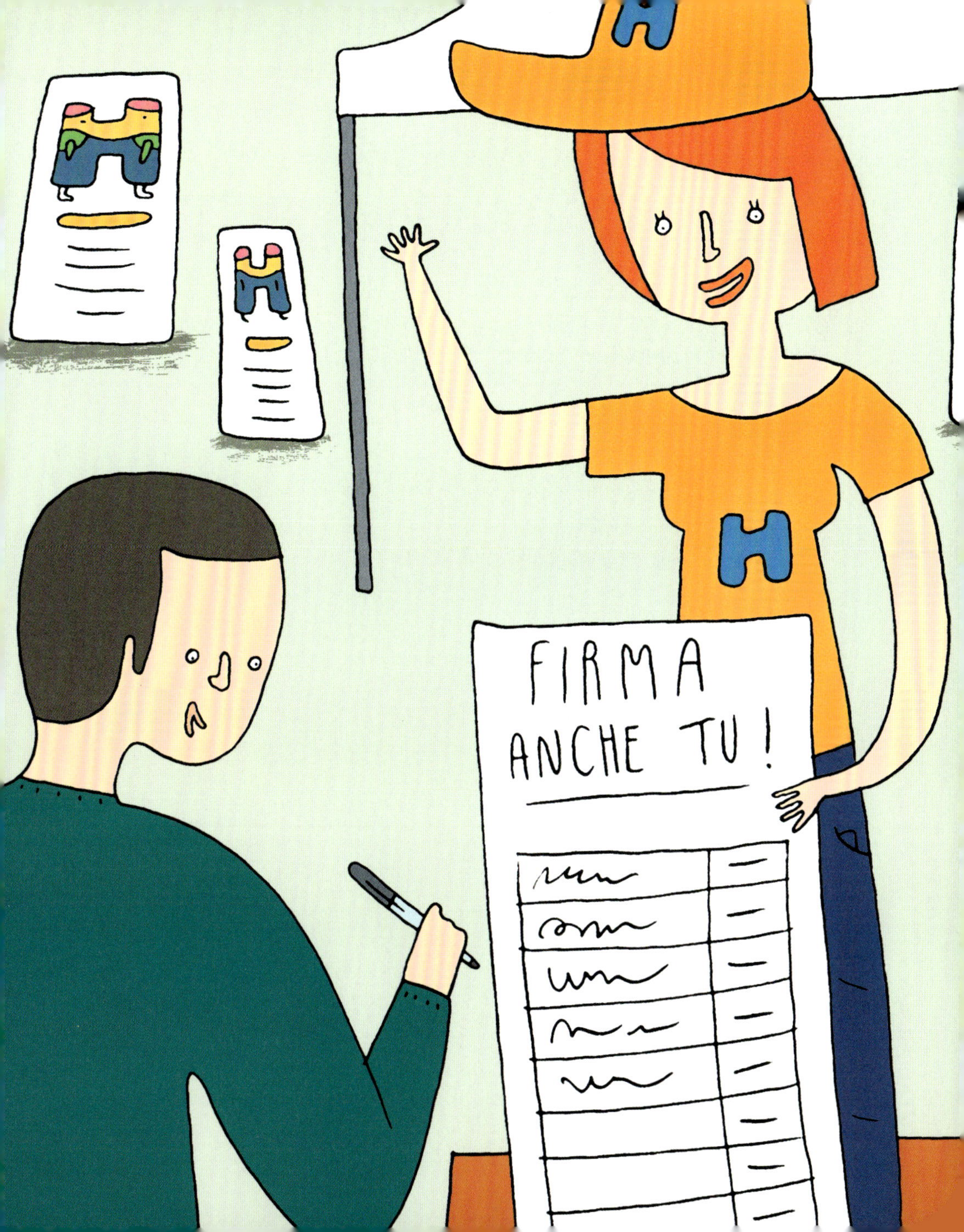
FIRMA
ANCHE TU!

L'Acca era di buon cuore, ve l'ho già detto. È rimasta, con gran sollievo del verbo chiacchierare e del pronome chicchessia. Ma bisogna trattarla con rispetto, altrimenti ci pianterà in asso un'altra volta.

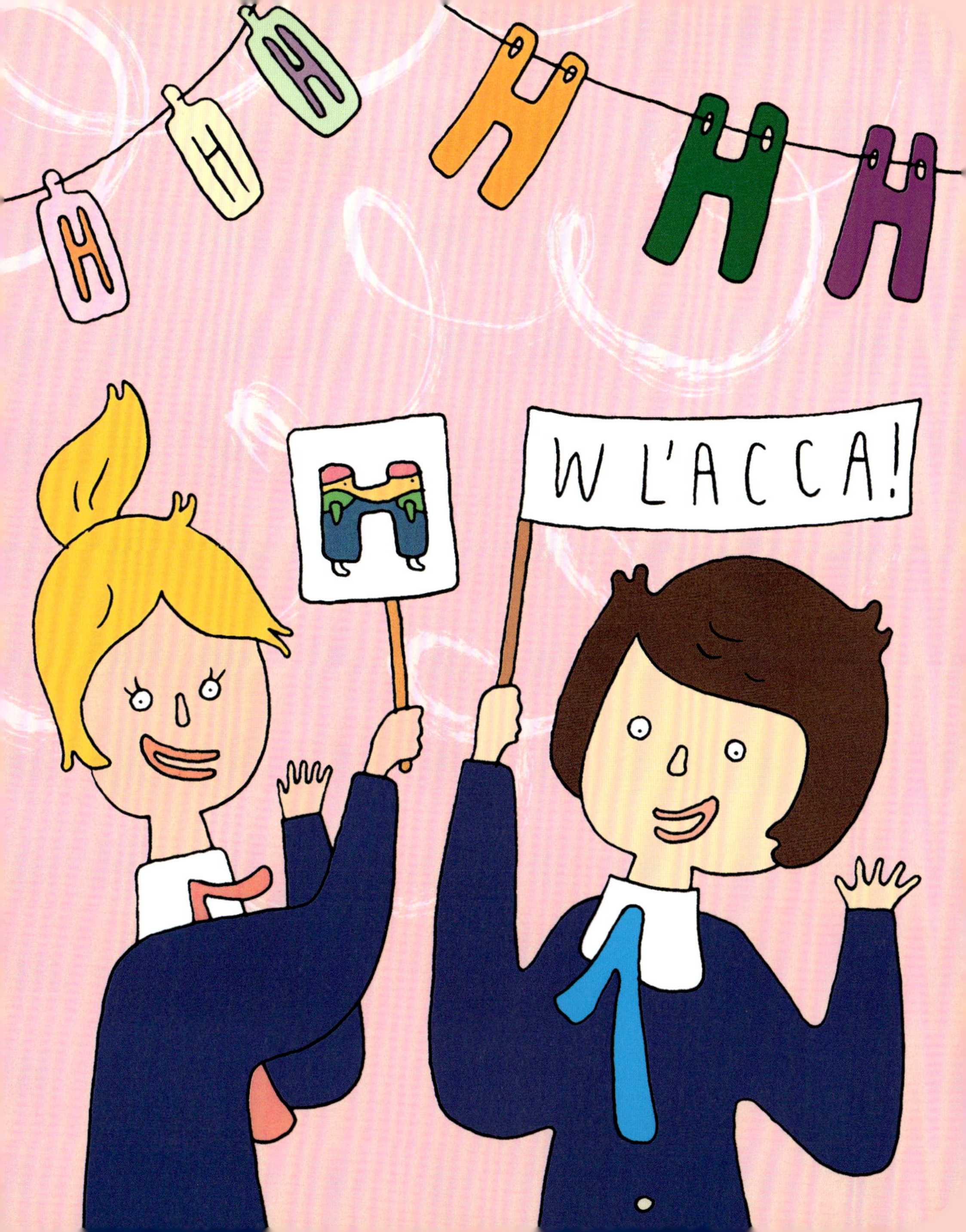
W L'ACCA!

Per me che sono miope, sarebbe gravissimo: con gli "occiali" senz'acca non ci vedo da qui a lí.

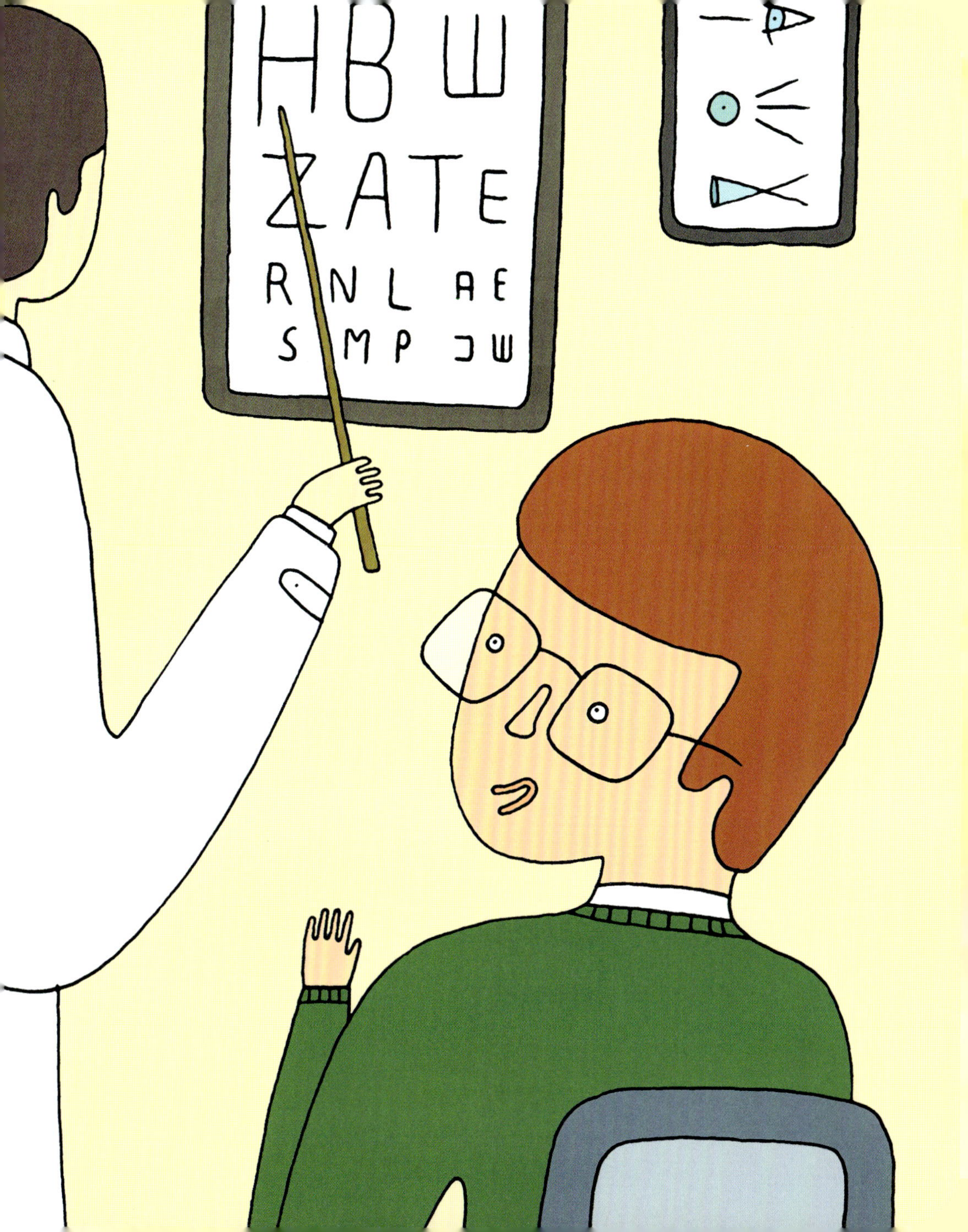
H B W
Z A T E
R N L A E